广西壮族自治区党委宣传部
当代文学艺术创作工程扶持项目

中国故事原创文学丛书

甘泉

王布衣 —————— 著

广西科学技术出版社

图书在版编目（CIP）数据

甘泉 / 王布衣著. —南宁：广西科学技术出版社，2020.5

ISBN 978-7-5551-1359-1

Ⅰ.①甘… Ⅱ.①王… Ⅲ.①纪实文学—中国—当代 Ⅳ.①I25

中国版本图书馆CIP数据核字（2020）第067181号

甘泉

王布衣　著

责任编辑：黎志海　张　珂　　　　　　封面设计：夏艺堂
责任印制：韦文印　　　　　　　　　　责任校对：夏晓雯

出 版 人：卢培钊
出版发行：广西科学技术出版社　　　　地　　址：广西南宁市东葛路66号
邮政编码：530023　　　　　　　　　　网　　址：http://www.gxkjs.com

经　　销：全国各地新华书店
印　　刷：广西民族印刷包装集团有限公司
地　　址：南宁市高新区高新三路1号　　邮政编码：530007
开　　本：787mm×1092mm　　1/16
字　　数：190千字　　　　　　　　　　印　　张：14
版　　次：2020年5月第1版　　　　　　印　　次：2020年5月第1次
书　　号：ISBN 978-7-5551-1359-1
定　　价：38.00元

前　言

风起了，云落了，桂花开了一年又一年。

2010年春天至2018年秋天，广西地质人找水打井抗旱救灾奋战了8年多。当年，他们在大石山区挥洒的心血和汗水，已化作今日汩汩流淌的甘泉。

至今整整10年了。10年在历史长河中仅是一瞬间，但对广西地质人来说，却是艰苦卓绝的10年。他们以顽强的意志、艰苦奋斗的精神，为缺水群众打出了一口口甘泉。笔者采访发现，广西地质人的心灵世界丰富深邃，他们的讲述精彩生动，故事里透出的人性真诚、美好和善良，令人感动和难以忘怀。

例如，广西桂林水文工程地质勘察院工程师丁凯，为了查找水源，探险钻了上百个溶洞，几乎是九死一生。采访时，他却轻描淡写地对笔者说："找水打井是一种修行，磨炼意志，锻炼能力，涵养心性。我们干这一行没觉得怎么辛苦，尤其是看到村里的老人和孩子去接水的时候，那种欢呼，那种喜悦，就觉得很有成就感，自己比别人幸福。"

说他们不苦不累是假的，广西地球物理勘察院物探组的莫准斌就说过"找矿身体累，找水心累"，为什么心累呢？因为压力实在太大了，上级的信任、旱区人民的期盼、灾情的触目惊心、找水打井人的使命、时间的紧迫等，由不得你不紧张不焦虑。面子事小，民生事大！

广西水文地质工程地质队副队长何裕良说："打出水之后，那种感觉无法用言语形容，所有的辛苦和劳累都烟消云散了！"

苍天不负苦心人。当他们看到旱区人民在地下甘泉喷涌而出时流下狂喜的眼泪时，所有的劳苦、疲惫和艰辛都被那汩汩清流冲走了。他们难忘8年奋战的岁月，爱那拼搏苦战的每一天。"三光荣""四特别"的精神，已经融入广西地质人的血液中。

通过采访，笔者才知道地质行业肩负的使命，不仅仅是找矿，也不仅仅是找水，水文地质、工程地质、海洋地质、地震地质、环境地质、城市地质、农业地质、地质灾害的调查以及地下热能的开发利用等，都是地质工作者的职责任务。

作为这段历史的记录者，笔者的思绪随着他们的悲欢喜乐像过山车似的起伏，笔者看到广西地质队伍出征时的光荣和梦想，看到他们面对旱魔袭来时的勇气和担当，看到他们在黑暗时刻的坚守、在曙光中的欢笑和泪水。无论是偏远山区的工作生活，还是险象环生的传奇遭遇；无论是一线队伍的日夜苦战，还是党委、政府的鼎力支持；无论是锦旗鲜花和表彰会上的掌声，还是默默的奉献，都堪称伟美，堪称阳刚，堪称奇迹，堪称悲壮，堪称意志闪光。

英国前首相温斯顿·丘吉尔有句名言：The farther backward you can look, the farther forward you are likely to see（你能看到多远的过去，就能看到多远的未来）。

以史为镜，可以知兴替。往事并不如烟。

笔者只能根据自己的采访和理解，记录和解读眼中的那一泓甘泉。既然1000个观众眼中有1000个哈姆雷特，那么1000个读者眼中也会有

1000个找水打井战役，笔者也只是其中之一。

当下的叙事，无论是学院派的研究，还是报告文学作者的创作，都在有意无意地试图"重返现场"。记录这段历史，既需要理性的思考，也需要感性的认识。

寻找悠远而纯粹的源头，我们能够看到未来的方向。历史是一条河，正如广西首府南宁的母亲河邕江，穿越时空，不舍昼夜地流淌，淌过青山和白云，淌过星星和月亮，淌过悠悠岁月，不时卷起命运的漩涡。在"在场者"看来，那条河已不是原来的邕江。

社会记忆是一个民族的良知，对于过去，无论是经验教训还是荣耀，无论是成功还是苦难，都不应该忘记。

广西壮族自治区地质矿产勘查开发局找水打井办公室主任黄桂强对笔者说："我们从政治高度来认识找水打井这件事情，为了解决旱区群众的吃水问题，广西政府先后共投入7个多亿元的资金，满足人民对美好生活的愿望和需求，充分体现了党和政府对民生工程、惠民工程、德政工程的重视和投入，2012年11月党的十八大以后又加大了这方面的投入力度……"

古人云，人生有三不朽——立功、立德、立言。抗旱救灾、找水打井、为民解困，便是功德无量，便是广西地质人的立功立德，而为他们立言，便是笔者光荣而艰巨的任务。

作为纪实文学作家，笔者一直有个强烈的愿望，把这段珍贵历史记录下来，尽可能还原现场，给后人留下相关的资料。

每当笔者坐在电脑前，望着键盘，便感觉那一个个按键像一只只信任的眼睛望着我，期待着我，让我不敢有丝毫的懈怠。

历史最终还原到人。人只要往前走，他的身后就成了往事，成为历史。回望昨天，观照今天，展望明天。

参加找水打井战役的地质人，用自己的宝贵青春、热血和汗水，擎起了广西地质队伍的战旗，诠释了什么叫作打硬仗、什么叫作忠诚、什么叫责任和担当。

参加找水打井的地质人，有足够的资格谈论自己的职业和事业，有足够的资格谈论时间和空间，有足够的资格谈论承受和享受，总之，他们有足够的资格谈论人生。因为，他们的这段经历超越了生命本身。

笔者在采访和写作中，得到广西壮族自治区地质矿产勘查开发局所属各单位的黄桂强、黄强、苏世峰、邓治平、石科、袁建鹰、丁磊、覃宁魁、王维等一大批专家和宣传工作者的大力协助、鼎力支持和专业指导，在此一并致以诚挚的谢意！

目录

引子三题

之一：龙与马

龙，是中华民族古老的图腾。

龙集中了动物身上最壮美的部分，比如骆驼的头、鹿的角、大象的耳朵、狮子的鬣毛和须髯、蟒蛇的身躯、鱼的鳞片、虎的掌、鹰的爪……

在中国的神话传说中，龙能幽能明，能大能小，能短能长，上天入地，水陆两栖，春分而登天，秋分而潜渊，腾云驾雾，呼风唤雨，喷水吐火，几乎无所不能。

有道是，山不在高，有仙则名；水不在深，有龙则灵。古人认为，龙从水，是祥瑞之物的主宰。

与龙一样，马在中华文化中也具有一系列的象征和寓意。马象征着成功、人才、能力、进取、奉献、贤能、激励、卓越、坚毅、忠诚、爱心、耐力等。

马是强大生命力的象征。世界上许多国家将地球、水、火和空气这四种元素的属性赋予了马。

藏传佛教中，马身上背着经书、长着翅膀腾飞。

道教的神明是马神，全称"灵官马元帅"，俗称"马王爷"。传说马王爷有三只眼，可看透世相人心。

中国有句成语叫龙马精神。龙马，在古代传说中是外形如龙的骏马，是龙与马的合体，是马中的龙、龙中的马，龙马精神象征着中华民族所崇尚的刚健、昂扬、伟美、善良、创造、奋发的精气神。

古人认为，龙马是仁马，它是大江大河的精灵，是炎黄子孙的化身，代表了华夏民族的最高道德。

广西百色有一种山地矮马，体短粗壮，只有齐腰高，体重在65千克至140千克。它很通人性，耳朵很短、很硬，额头是平的，一双水汪汪的大眼睛，似乎能看透主人的心思，主人快乐，它也开心；主人忧伤，它也抑郁。它的鼻孔翕张灵活，蹄部比普通马小一点，关节也更短、更灵活。令人联想起勤劳善良、朴实的山里人。

物竞天择，适者生存。矮马的身体结构是它们长期以来在山地生活的自然选择结果。身材矮小，重心低，就能在崎岖陡峭的山路上稳稳站立、负重前行；性情温驯，健壮耐劳，干起活来很卖力，不惜体力，能给人当坐骑，又可负重、拉车拉磨、驮物、耕田犁地。它是山里人忠实的好朋友，也是山里人家多功能的壮劳力。

矮马是桂西山地特有的珍稀马种，耐粗饲，耐饥渴，吃苦耐劳，适应性强，抗病力强。短短的腿走长长的路，矮矮的个子爬高高的山。

矮马的寿命约30岁。百色市那坡县龙合乡忠合村果林屯的一匹矮马，年龄已经26岁了，本应该退休了，可是它通人性，是山民忠实的朋友和强壮劳动力，与村里人建立了很深的感情，懂得在干旱时自己担负的重要任务，知道村里的五保户眼巴巴盼着自己送水，妇女儿童和老人需要水来维持生命，它任劳任怨，连续跋涉，即使马蹄磨穿了，也毫无怨言。

终于在2010年3月22日，第十八个世界水日、第二十三个中国水周的这一天，为村民送水的老马由于长期劳累羸疲，不堪水罐的重负，突然扑通一声倒在山路旁。

随着人们"啊"地一声惊呼，水罐摔破了，水洒了一地。老马挣扎了几下，喘息了几声，再也没有爬起来。

顿时，现场一片寂静。

村民们赶紧叫来了兽医。兽医蹲下身仔细查看后，向人们摇了摇头。这匹老马再也不能为村民服务了。

人们围着老马默哀，默默追忆老马那些被沧桑岁月打磨的故事……

之二：甘泉与家业

很久以前，某城镇住着一位声名远播、专门为人们找水打井的大师，人们都很敬重他，尊他为功德无量的活菩萨。

一天，他即将去一个很远的干旱山区寻找水源，为那里的灾民化解吃水难题。

临行前，他把自己的三个儿子叫到跟前，分给他们每人一杯泉水，对他们说："你们手上的这杯泉水，是我花了大半生时间寻找、耗费了大半生心血开挖出来的，你们要好好珍惜。我这一去，得三年五载才能回来。时光无情，我已老迈年高，这也许是我一生中最后一次出远门找水打井了，等到我回来的那一天，我的家业将让你们中的一个继承，还会把多年来积累的找水打井经验传授给他。看你们谁能把这杯泉水保存得最妥善、最新鲜、最长久、最有用，我就让他继承我的家业和事业。"

说罢，老者背起行囊和工具，出远门了。

这三杯泉水，其实是老者考察三个儿子的特殊考题。

老大心想，父亲把这杯泉水交给我们到底是什么意思呢？三年五载，这杯泉水还不变成臭水？怎样保管呢？思来想去，他找不出更好的办法来保管。转念一想，莫非这杯泉水有什么神奇的魔力？如果我把它喝了，水在我的身体里，不就是最妥善、最新鲜、最长久、最有用的保管吗！喝下这水，说不定就会变成神人，超凡脱俗了。想到这里，老大扬起脖子咕嘟咕嘟地把那杯泉水喝掉了。

老二心想，这杯泉水多珍贵、多神奇啊！一定蕴藏着什么秘密和天机，如果我把它封存起来，不就是最妥善、最鲜活、最长久、最有用的保管吗！于是，他把这杯泉水密封好，放在供桌上，每天香花鲜果地供着，静静等待着天机出现和奇迹发生。

老三心想，这杯珍贵的泉水，如果自己喝掉，别人就喝不到了。如果把它储存起来，泉水就成了死水，时间久了一定会变质。如果我把它倒入自家的水井里，不就是最妥善、最鲜活、最长久、最有用的保管吗！于是，他把泉水倒进井里，并且每天做父亲在家时常吩咐他们三兄弟做的事：用水井里的水浇田灌地，用水井里的水种树养鱼，用水井里的水煮饭做菜。

五年后，老者不辞辛劳地为旱区找水打井，终于获得成功。

乘兴归来，他第一时间就问三个儿子泉水究竟是如何存放、如何保管的，三个儿子如实作答，还说明了理由。

老者听完后，会心一笑："老三做对了。"说着，他把儿子们领到自家的水井旁，语重心长地对他们说："一杯泉水，如此这般放在水中，就是最妥善、最鲜活、最长久、最有用的保存方法！"

最终，老三得到了父亲的真传，成为家业和事业的继承者。

之三：水与造物者

一天，水与造物者邂逅。

水对造物者说："我有好些事情想不通，想向你请教。"

造物者："有事尽管问。"

水："你在创造我的时候，为什么把我放在最低的位置？"

造物者回答："天地之间，万物之中，你可以到最高处。你因为受热而蒸发为云，飘忽于天上。懂了吗？"

水："懂了。"

水想了想，再问："我本纯洁，为什么要与尘埃和泥土为伍？"

造物者："天地之间，万物之中，你遇冷凝结成冰，化成雪漫天飞舞，那是洁白的精灵，多么潇洒动人。与谁为伍何曾影响你的纯洁。"

水："哦。我还是有点想不通，为什么要让我一下热、一下冷、一会儿地下、一会儿天上呢？"

造物者："天地之间，万物之中，规律就是这样啊，快乐伴随着痛苦，崇高来自谦卑。"

水沉思片刻，又问："为什么水与火不相容呢？"

"天地之间，万物之中，相生相克，水能灭火，火又能烤干和蒸发掉水。"说到这里，造物者反问："试想一下，如果这个世界光有水没有火，会怎么样？"

水回答："世上就没有了光和热。"

造物者："你还有什么事要问？"

水："谢谢，没有了。"

"那么，再见啦！"

于是，水和造物者均大悦而去。

第一章 旱魔猛如虎

【相关链接】

新华社广西频道 2010 年 4 月 1 日电（记者张莺、程群）：记者从广西壮族自治区抗旱救灾工作领导小组办公室了解到，目前广西旱情仍在进一步扩大。截至 3 月 31 日，受灾人口已占广西总人口的 22.24％。广西受灾县（市、区）上升至 95 个，新增荔浦、永福两县，受灾人口 1123.31 万人（较 3 月 30 日增加 45.75 万人），干旱导致饮水困难人口 311.73 万人（较 3 月 30 日增加 14.41 万人）；农作物受灾面积 1530.59 万亩（较 3 月 30 日增加 2.99％），成灾 461.02 万亩（较 3 月 30 日增加 3.86％），绝收 42.63 万亩（较 3 月 30 日增加 2.99％）。

据广西壮族自治区抗旱救灾工作领导小组办公室 3 月 30 日统计，广西饮水困难人数近一周内增加了 63.08 万人，其中有 43.39 万人需要送水才能解决生活饮水问题。此外，由于干旱缺水，广西春种旱地作物 2336.04 万亩，同比减少 153.61 万亩，减少 6.17％。

干涸的土地

高山岭上有块田，

天干地裂无水源。

龙王老爷不下雨，

搬起石头砸青天。

——广西山歌

水，生命之源。

水孕育了万物，也孕育了人类。民间有传言，如果孕妇梦见水，预示着将会生下健康、聪明的宝宝，因为水是生命之源，即将诞生的宝宝在母体内被羊水包围着，证明生育与水密切相关。

人体失水，就会威胁到健康，甚至威胁到生命。

如果大地失去了水，万物生命就会垂危。

凤凰网曾经拍摄过一部公益纪录片——《饮痛》，揭示了中国水资源面临的严峻现实。根据水利部的数据，中国 669 座城市中有 400 座供水不足，110 座严重缺水，32 个百万人口以上的特大城市有 30 个长期缺水。根据近年中国的用水数据，2010 年中国用水量超过了 6 个青海湖的水量，水消费总量已接近全国淡水的储量。此外，中国万元 GDP 用水量是世界平均水平的 4 倍，每年仅洗衣机就能消耗 300 个杭州西湖的水量，全国城市供水管网漏损的水够 4 亿人使用一年!

可见, 中国水资源形势严峻, 干旱更是给这种形势雪上加霜。如广西 2009 年秋季至 2010 年春季发生的 60 年一遇的大旱, 给广西人民的生产、生活造成了很大的困难。这次大旱有三大特点。

一是持续时间长。旱情持续时间长达 10 个多月。

二是受灾面积广。旱魔袭击中国整个西南地区, 广西 14 个地级市, 有 13 个地级市 80 多个县出现旱情。高温加上少雨, 双重作用下旱情蔓延迅速, 桂西北地区旱情达到特大干旱等级。

三是灾害损失大。截至 2010 年 3 月 18 日, 广西农作物受灾面积达 1126.38 万亩, 其中轻旱 733.84 万亩, 重旱 358.52 万亩, 干枯 34.02 万亩; 227.65 万亩水田缺水, 508.17 万亩旱地缺水。干旱导致 218.12 万人、111.17 万头大牲畜饮水困难, 其中百色市 88.6 万人、河池市 69.76 万人饮水困难; 需要送水才能解决生活饮水的人数达 31.86 万人, 其中百色市 18.89 万人、河池市 12.97 万人。广西的农事活动如水稻育秧、农作物播种等均受到严重影响。

桂西的特旱地区百色、河池等地, 河溪断流, 土地龟裂, 庄稼枯萎, 水柜里绿苔干枯脱落, 布满蜘蛛网, 上百万人忍受着饥渴的煎熬。

广西境内大面积森林的珍稀植物枯死, 黑冠长臂猿、白头叶猴、德保苏铁等珍稀动植物面临死亡的威胁。天峨县龙潭保护区 3 万多株兰花、3000 多株珍稀野生植物全部枯萎。

桂林漓江水位持续下降, 曾一度停航。漓江一些干涸的河段, 河中心的鹅卵石暴露在阳光下, 行人甚至可以涉水过河。2010 年 3 月 16 日, 桂林游船调整漓江游览航线, 调整后的航线比原游览航线缩短了一半以上。

干旱导致森林火灾频发。2010 年 2 月 1 日至 3 月 10 日, 广西累计发生森林火灾 331 起, 过火面积 6029 公顷, 受害森林面积 778 公顷。与上一年相比，森林火灾的过火面积增加了70%以上。百色市除了抗旱救灾，还把防火灭火作为工作的重中之重，调动了消防队75支次共2350人次扑救森林火灾。

俗话说，二月二，龙抬头，大仓满，小仓流。二月二也叫春龙节，按照习俗，每当农历二月二春龙节到来时，家家户户都到井边或河边挑水，而且吃的东西都喜欢冠以龙的名头。二月二意味着春回大地，万物峥嵘，一年的农事活动开始。

可是，2010年惊蛰和春分时节，广西的很多地方与往年不同，春雷不轰响，桃花不盛开，小鸟不鸣叫，树叶和小草都枯黄了。

"惊蛰闻雷，米面如泥""春分有雨家家忙，先种苞谷后插秧"等农谚，这一年，在广西的许多山村农家，失去了以往的灵验。

"春天好似孩子脸，一天变三变"。可是这一年的春天，老天爷脾气特别怪，老是板着脸；性子特别倔，一直都没有变，不刮风也不下雨，呼哧呼哧地喘着粗气，气温不断上升，大地旱得裂开了口子。那裂开的口子，大得足以伸进手臂，像一张张饥渴的大嘴。山上的树日渐枯萎，地上的枯草一点火星就可以点燃起大火。

2009年入夏以来，老天爷安静得出奇，直到2010年3月中旬都没有下过一场透雨。

人们多么希望老天能够发狂一下，即使打个喷嚏也好啊。

民谚有云，二月二龙翻身，龙不翻身不下雨，雨不洒花花不红；二月二龙抬头，大人孩子要剃头。人们剃头，预兆这一年鸿运当头，都有精神头。大人理发叫"剃龙头"，辞旧迎新，迎接春天带来的希望和好运。孩子剃头叫"剃喜头"，保佑孩子健康成长，长大后出人头地。这个习俗保留至今。

到理发店理发剃头，洗头是惯例，头发洗干净了理发师才好打理，可是在河池市、百色市等特旱地区，城乡的理发店没有水，只能理发剪发，不能洗头。

古人认为，龙从水，虎从火，龙从水中生，虎在火中出。勘探山水首当看"龙脉"所在，龙脉之气，水来聚之。

没有水，龙在哪里呢？虎倒是有，那是旱魔。旱魔猛如虎。这一年的二月二春龙节，旱区的人们被旱魔这头猛虎逼得实在是窝火，这个节过得很憋屈。

气象部门想实施人工降雨缓解旱情，可是等啊等，几个月都没有等到天空出现一丝乌云，正所谓巧妇难为无米之炊，只能作罢。

村里的壮劳力都出去打工了，留守的妇女儿童和老人，人们戏称为乡村"386179留守部队"。

广西百色市那坡县的"386179留守部队"，每天的常规劳作任务就是翻过两座山，去邓亚村的小河里取水。刚开始小河的水有膝盖深，旱久了以后河水仅有脚踝深。

地处桂西的百色市，历来是广西的特旱地区，据光绪八年（1882年）的《百色厅志》记述："其地山多田少，俱无水利，十日不雨苗立槁，一月不雨水就涸。"

2010年入春以来，百色市那坡县13万人饮水困难，占全县总人口的60%。

那坡县的团结水库已经干涸，里面的动植物大量死亡，发出腐烂的恶臭。水库的乌龟实在待不住了，只得爬上岸寻求生路。

由于干旱，耕田犁地的牛"失业"了。村头屋尾那些看家护院的狗躲在树下，伸着舌头直喘粗气，见了生人也不叫唤，不愿动弹。

那坡县龙合乡距县城30多公里，四面环山，山路狭窄险峻，悬崖峭壁，砾石纵横，汽车无法行驶，运水只能靠马驮。

每隔一天，运水车就从十几公里外的坡荷乡善合村运水过来，水是政府补贴的，不收水费。运水车到了龙合乡的忠合村前，就停在村前狭窄陡峭的砂石路上，然后村民用矮马驮水罐进村，每次可以驮运两小罐水。

饮之痛

半夜起来去爬山，

翻过一山又一山，

天亮鸡叫找点水，

回来太阳又落山。

——广西山歌

大旱灾年，广西各地的饮之痛，令人揪心。

百色市德保县的马隘镇（马隘，看这个名字人们就可以想象其地势的险要了），山路陡峭崎岖，一些偏僻的村屯，山上的村民需要下山取水，装着水罐的背篓压在肩上，他们负重爬山，来回要花上一天的时间。

这里人畜和庄稼，全都靠天吃水。当地修建了地头蓄水池——水柜，用来储存雨水。因为久不下雨，到了2010年2月，水柜的水都用完了。人们饮水，要到七八公里外的县城去拉。马隘是缺水地区，别说这个大旱之年，即使是往年，马隘镇一年也要缺水三四个月。当地老百姓洗澡成了一件很奢侈的事情，许多村民大半年都没有洗过一次澡。

百色市隆林各族自治县者保乡南邦屯，海拔较高，很多田地都是"望天田"。几百亩桑园一片焦黄，桑树无精打采地耷拉着脑袋，桑苗以耐旱著称，但这里的桑苗由于长期缺水，已经全部枯死。

者保乡巴内村，村民们种植了 4000 多亩金银花，正值即将开花的时节，盼望着它长出蓓蕾，能有个好收成，卖个好价钱。可是这些金银花因为没有水浇灌，一天天地枯萎，最后全都枯死了。村民们心如刀绞，却丝毫没有办法，人都没有水喝了，地里的庄稼又哪来水浇灌啊！

河池市都安瑶族自治县住校的小学生们每个人都有一个塑料桶，每个星期从家里带来约 5 千克水，这就是一个星期的生活用水，只能喝，不能用来洗澡或者洗衣服。再苦也不能苦孩子，家长也想让孩子多带点水去学校，但是多了孩子拿不动，最多只能拿这么多。

城里的孩子绝对想象不出，缺水山村的孩子是怎么洗脸的。孩子闭着眼睛，妈妈口里含着一口水，扑哧一声喷在孩子的脸上，然后用毛巾擦拭一下，这就是洗脸的整个过程。旱区的人们从来不说洗脸，而说抹脸，手指头蘸点水往脸上一抹，算是洗脸了。用过的水沉淀过后用来洗菜，洗完菜的水用来喂马喂牛。

马山县的 14 个深度贫困村周围，没有一条地表河，村民饮水全靠地头水柜。在枯水期和干旱年份，水柜的水很快就被用光，村民须等政府派消防车送水才能渡过难关。缺水成为脱贫路上的绊脚石。据统计，马山县 14 个深度贫困村 504 个自然屯中，有 231 个屯严重缺水，影响人口达 1.2 万人。

滴水贵如油，村民们想出了许多"水尽其用"的办法。半盆洗脸水，先由孩子们轮流用来洗脸、洗脚，然后再拿去喂牛羊；要杀鸡，先将一大碗水烧开，利用水蒸气拔毛，再用仅剩的开水晾凉后清理内脏……

大新县雷平镇，上万亩甘蔗因为缺水浇灌，叶子开始枯黄，时任大新县县长黄巧组织党员干部拉着水车到地头给甘蔗浇水，抢救濒临枯死的甘蔗苗。

都安瑶族自治县保安乡上镇小学的水柜，仅供食堂煮饭烧菜用水，最多也只能维持一周时间。200多名学生的饮水和洗漱靠自己带来的那一小桶水。乡政府表示，即使学校出现断水，也不能断炊，他们将从城里用汽车送水。

旱区群众苦水久矣。

河池市大化瑶族自治县大化镇上旗村的村民们背篓里面装着扁形塑料桶，四处寻找水源。

在10多年前，这里曾经出现过严重旱情，全村断水。村民发现一山脚下有水流出，顺着水流寻找，发现居然有暗河，暗河连着一处天窗洞。村民们腰系绳子，从90多米高的天窗洞口下到暗河里，猴子捞月亮似的一个个传递、一桶一桶往外打水。

村民韦瑞英下去打水时，受潮的绳子突然断裂，他摔落到暗河里，万幸的是，由于水的浮力，生命没有危险。"水就是命啊！"事后他说。

都安瑶族自治县自然环境恶劣，生活穷困，当地山歌唱道："穷啊穷，半夜走路无灯笼，苦啊苦，裤子烂了没布补，盐罐无盐用水冲，油罐无油用火烘。"自古以来这里的人们"不知商贾，唯务农耕"。

早几年，都安有个复员回到村子的小伙子，他见识到了外面世界的精彩，当了村干部之后，心中生起要让穷山变富乡的凌云之志。

要实现这个抱负，必须积累一些资金，于是他带领村民建起了熬酒作坊，想着有了第一桶金，接下来的事就好办了，用第一桶金再逐步扩大生产，如此鸡生蛋、蛋生鸡循环滚动起来，假以时日，穷山就会变富乡。

可是事与愿违。熬出来的酒居然卖不动。为什么呢？人们听说这个村缺水，熬酒用的是水柜里的水，那水是苦涩的，熬出来的酒谁还敢喝？平时，人们用水柜里的水，是把水烧开之后用明矾沉淀，然后再饮用，但是喝起来依然是苦涩的，城里人都不敢喝。

这些日子，人们连水柜里的苦水都喝不到了。

历史上靖西旱灾主要集中在春秋两季，素有"春秋十年九旱"之说。

靖西龙临镇巴意村，过去用水靠接屋檐水，如今不下雨，接屋檐水没有指望了。人畜饮水已经告急。全村共 10 个屯 2530 多人，有 4 个屯 820 多人需要政府送水，6 个屯 1710 多人排队到巴意屯的旧机井挑水喝，但这口旧机井也已经快要见底。

靖西吞盘乡四定村陇门屯，离村 3 公里处有一个山洞，洞内有暗河，平时村里人用水多从这里挑。但此洞极为凶险，坡陡且高，达 70 多米。为了活命，人们只能冒着生命危险来这里取水。

大石山区的穷乡僻壤里，人们也可以在最浅的地方看到流出的水，那是痛哭时流出的眼泪。

旱魔猛如虎，一步步朝着人们逼近，威胁着旱区人们的生命。

抗旱救灾，十万火急！刻不容缓！

春天行动

大火不死芭蕉树，

大旱不死骆驼草。

干部群众加油干，

抗旱救灾胆气豪。

——广西山歌

2010年3月16日上午，广西壮族自治区党委常委会召开会议，专题研究抗旱救灾工作。会议分析研究了广西的旱情形势，再次部署旱灾应对工作。

会议强调，面对当前严重的旱灾，广西各级党委、政府及有关部门要切实加强领导，进一步组织各级干部深入灾区指导抗旱救灾工作，坚持首保民生原则，不惜一切代价，加大投入，千方百计解决群众饮水困难，特别是大石山区、学校、城镇等重点区域人员的饮水问题，确保饮水安全，帮助旱区群众渡过难关，确保社会稳定，夺取抗旱工作的全面胜利。

会议要求，要充分发动群众，迅速掀起抗旱新高潮。要坚持送水，确保人饮安全。要以建设应急抗旱水源工程为重点，因地制宜地采取建临时抽提水设施、打水井、建水柜、筑塘坝、截潜流、掏山泉等措施，努力增加水资源的有效供给，尽最大可能满足春耕生产用水需要。要科学调度，充分利用水资源，做到计划用水、节约用水。要加强天气预报预测，抓住一切有利时机及时开展人工增雨作业。要再动员、再部署，采取超常规措施严防死守，切实做好森林防火工作。

社会各界纷纷加入抗旱救灾行列，找水、送水、捐水……举广西全区之力，保饮水、保民生、保春耕。

广西壮族自治区党委、人民政府下达"死命令"："送水每人每天保证20千克以上""不漏一村、不漏一校、不漏一屯、不漏一户、不漏一人"。

时任百色市公安消防支队那坡县大队大队长黄宏流说，那坡县213天共为缺水村民送水5200多吨。其间，黄宏流的岳父从病重到去世，他仍坚持送水，直到3月29日他岳父出殡，他才匆匆送岳父一程，之后又立即赶回去继续送水。

哪里缺水，哪里就有穿军装的子弟兵；哪里缺水，哪里就活跃着党员干部忙碌的身影。

一位80多岁的壮族老太太，在解放军送水上门后，手举写着"谢谢"两个大字的红纸，用壮语激动地说："解放军送水到门口，真是太感谢了！"

"每桶水都有八九十斤重，刚搬了几桶浑身就湿透了，好多战友都脱下衣服继续搬运。太阳很毒，每天我们都要暴晒十多个小时，加上扛着那么重的塑料桶，大家的身体不是被晒破皮，就是被桶磨破。这几天不时还要出去扑救山火，我们顾不得身上的伤，个个都争着去。这样一来，破皮的地方出现了不少水疱，稍碰一下就特别疼……"2007年入伍的河北籍士官张发在日记中写道。

靖西的旱区，河流断流了，水柜干涸了，政府部门所有的行政事务都暂时放在一边，一切都围绕着给群众送水这个轴心来转。政府部门组织消防车送水，已经送了两个月。为了给村民送水，县、乡的党员干部集结在村委会加班加点，好几周都没有回家。

抗旱救灾，他们忘记了自己，忘记了时间。

那坡县的党员干部组建了抗旱突击队。摩托车、皮卡车、马车一车又一车地拉着水桶、水罐，送到干旱的山村。

隆林各族自治县者保乡巴内村刘瓦房屯，村干部每天开车送水到山村，乡干部也隔三岔五送水来，送水车来到了村口，嘀嘀嘀响几声喇叭，仿佛在喊："水来啦！水来啦！"

村民们听到喇叭声，纷纷拿着塑料桶来排队接水。有的人实在干渴难耐，就直接把嘴巴凑近塑料桶，喝上几口，然后"啊"的一声，抒发畅饮清水的惬意。

排队取水的地方，老人孩子排在前面，年轻人排在后面。孤寡老人、五保户、残疾人等特殊群体不用出门，不用排队，党员干部给他们送水上门。

水贵如油。大化瑶族自治县有一位村民家里办喜事，他的亲戚没有送大红包，而是用车拉来了两桶水，办喜事的人家喜出望外："多谢了，多谢了，意头好，水也甜！"

旱区的人们走亲戚送水，那是贵重的礼物，也是最深的情义。

时任百色市市长谢泽宇说："大旱之中，领导淡定，群众心定，社会稳定。全国各地的抗旱捐赠物资每天都源源不断地进入百色，我们深深感到百色不是在孤军奋战，而是和全国人民一起抗旱。"

以那坡县为例，截至 2010 年 3 月 31 日，县里收到来自全国各地的捐款 180 万元、蔬菜 80 吨、瓶装水 20000 箱，还有抽水机、水管等物资。

面对灾情，人民需要党和政府既有责任担当之勇，又有科学防控之智；既有统筹兼顾之谋，又有组织实施之能。

2010 年 3 月 17 日 16 时，时任广西壮族自治区副主席陈章良宣布启动自治区自然灾害救助二级应急响应。

各类突发公共事件按照其性质、严重程度、可控性和影响范围等因素，一般分为四级：一级（特别重大）、二级（重大）、三级（较大）和四级（一般）。可见，此次旱灾属于重大事件。

广西壮族自治区财政厅及时下拨当年第二批救助资金 1500 万元。广西各地投入抗旱人数 171.65 万人，累计投入抗旱资金 7783.42 万元。

广西壮族自治区民政厅迅速采取措施，成立了旱灾应急救助工作领导小组；派出 6 个工作组多次深入旱区，指导抗旱救灾工作。

一位自治区领导曾问广西地质人："关键时刻，地矿部门能不能在找水抗旱上有所作为？"

广西地质人面临的使命和担当，就是以钢铁的决心、钢铁的纪律、钢铁的行动，把这个问号拉直，使其成为一个大大的叹号。

春天到了，昂扬的抗旱战斗进行曲奏响。广西地质人背起行囊，发动汽车，驰向旱区，心里牵挂受灾的村庄，誓让干涸的家园甘泉奔涌，成为一股生生不息的力量。

春天到了，战斗即将打响。

第二章　临危受命

【相关链接】

人民日报2010年3月26日消息（记者庞革平）：3月19日，记者从广西壮族自治区地质矿产勘查开发局获悉，为尽快缓解重旱区群众的缺水危情，广西地矿部门已抽调66名水文地质和钻探专家奔赴各重旱区，积极帮助旱区群众寻找水源。

从广西水文地质工程地质队、广西桂林水文工程地质勘察院、广西北海水文工程矿产地质勘察研究院、广西第四地质队抽调48名专家奔赴重旱区。

热血出征

嗨哎——

太阳喊你你不来，

月亮喊你你不来，

旱区灾民来喊你，

打起飞脚跑回来！

——广西山歌

2010年3月18日，广西壮族自治区地质矿产勘查开发局（以下简称广西地矿局）发出通知，局下属的各单位一把手出席抗旱救灾紧急会议，不许请假，不许缺席，与会者必须做好记录。

时任广西地矿局局长李水明走上主席台时，会议室里鸦雀无声。

他双眉紧蹙，面色严峻，扫视全场，一字一顿，字字冒出热切的火花："紧急调集水文地质、物探等打井方面的专家和技术人员，火速赶往旱情最严重的河池、百色等地，勘查并组织实施打井，争取在最短的时间内找到水源，成井取水！"

他强调："这是一项政治任务，全局的水文地质技术力量都要为灾区着想、为政府分忧，无条件服从、无条件服务于应急抗旱，坚决打赢这场抗旱救灾、找水打井的战役。"

紧接着，广西地矿局专门制定《2010 抗旱找水打井有关事项规定》，规范找水打井的技术和程序，对钻井施工与成井质量、成井的井径结构、井管安装方式、抽水试验方法、水质量等方面提出具体要求。

3 月 19 日，临危受命的广西地矿局下属的 8 支队伍，从一线抽调经验丰富、能打硬仗的精兵强将和设备，奔赴旱区。这些设备被他们视为找水打井攻坚战的"新式武器"。

不惜一切代价，投入人员、设备、技术，要与旱灾决一死战！

应急抗旱救灾、找水打井是一场攻坚战。

作战需要地图。中国地质调查局水环中心、广西地矿局抗旱打井技术指导组、原国土资源部驻广西协调组急切需要相关的抗旱救灾、找水打井攻坚战的水文地质图。

广西地质勘查总院连夜复制了 1 幅 1：50000 水文地质图、7 幅 1：200000 区域水文地质图和 2 幅 1：500000 广西水文地质图，发给临危受命的 8 支队伍。

广西水文地质工程地质队停下了正在建设工地进行工程地质勘查施工的钻机，将其派给找水打井队。

广西第四地质队派出最强的技术力量，紧急调出最优良的钻探设备，紧急撤下正在大新县下雷锰矿区探矿的 CS14 钻机，并终止了一份勘查合同。3 月 21 日，撤下的 CS14 钻机连夜调往靖西，集中到了巴意屯。

李超平机长介绍："这台 CS14 钻机，是广西唯一一台，价值 500 多万元，全国不超过 10 台。它采用绳索取芯工艺，可一钻到底，不用停钻。"

广西桂林水文工程地质勘察院接到命令的当天就购买了空压机和水井钻机。

广西地球物理勘察院从矿山调出了最好的物探仪器。

各支队伍连夜备好相关的资料和设备，清晨 6 点，有的甚至在凌晨就开拔，驰援旱区。

第一批出发的主力队伍有广西水文地质工程地质队、广西地球物理勘察院、广西第四地质队、广西桂林水文工程地质勘察院、广西北海水文工程矿产地质勘察研究院（现广西海洋地质调查院）等。他们分别奔赴东兰、凤山、南丹、天峨、巴马、大化、罗城、金城江、平果、靖西、百色右江区、凌云、乐业、那坡、都安、隆林、田林等地。

抗旱救灾、找水打井，刻不容缓，分秒必争。

出征的场面，既不壮观，也不宏大。皮卡车拉着设备，咣当咣当，在"S"形和"M"形的陡峭蜿蜒山路上爬行，一路麻烦不断。有时路上遇到急转弯处，一边是悬崖峭壁，一边是山壁，车辆太重不好操作，人得下来把设备搬下车，引导司机一点点打方向盘擦着山壁过去，等空车过了转弯处，再把设备搬上车……山路粗粝，磨损轮胎，不时得更换；受损的轮胎不堪重负在行驶中爆了，又得更换。路上爆胎是很危险的，就这样一路走走停停。

地质队伍出征，党和政府在看着，旱区的灾民更是眼巴巴地盼着。

责任如山。只许成功，不许失败。

旱魔凶狠，灾情严重，时间紧、任务重，灾区点多面广，人力不够，战力不足。

3月22日，广西地矿局又紧急派出三支增援队伍——广西地质勘查总院、广西二七二地质队、广西地矿建设工程有限公司（现广西地矿建设集团有限公司）。接到命令，三支队伍挥师天等、扶绥、隆安、邕宁、南宁西乡塘区、马山、上林、大新等地，向旱魔进军。

广西地质人，勇敢的逆行者。

危难时刻，冲锋在前，抗击旱魔，守护群众，负重前行。

地质队伍的战旗，飘扬在抗旱一线的战场上。

热血出征，逆行者不惧山路险峻，不惧黑夜漫长。

热血出征，逆行者理想作翅膀，信念作火光，扶危渡厄，应急抗旱，誓与旱魔决一死战。

广西桂林水文工程地质勘察院高级工程师袁建鹰对笔者说："这是一项民生工程，一项政治任务，干了再说，不讲价钱！"

广西地矿局此次出征的一些队伍，是靠走市场"吃饭"的施工企业，他们在市场利益和社会责任之间，放弃了利益，选择了责任，走向了应急抗旱的战场。

广西地矿建设集团有限公司党委书记、董事长夏红刚对笔者说："我们集团的主业是工程建设，找水打井业务不多，大旱情况下才会找水打井。我们的水文队 1994 年才成立，不能与其他水文地质队同日而语。我们虽然有一些物探、勘查、打桩方面的人才，但是相对来说，还是显得年轻，经验不足，所以在找水打井方面，我们当时还不是主力队伍。主力队伍人手不足，我们是作为增援队伍派去的，也算是多一分战斗力量。其实，接到这个紧急任务，我的心里就打鼓，怕做不好，不知道是否能够啃下这块硬骨头。但我们有地质人的社会责任担当，有不干则已、要干就干好的战斗精神。当时由于情况万分紧急，我们义不容辞，财政还没来得及拨款，打井价格也不明确，我们跟其他队伍一样顾全大局，不讲任何条件，不讲任何价钱，把它当作政治任务来完成，人财物优先保障。资金不到位，我们垫钱也做，亏本也做，二话不说就开赴前线了，去到马山、大新、武鸣、田东、百色右江区。经过找水打井战役，培养了一批专业技术人才，积累了经验，树立了品牌。可谓是经历了风雨，见到了彩虹。抗旱战役时，我们是增援队伍，到了大石山区人畜饮水工程建设大会战时，我们就成了主力队伍。"

2019 年 7 月 18 日，笔者到广西海洋地质调查院采访，与江日光院长和他的精兵强将们进行了座谈。江日光院长，身材武武敦敦，戴着一副眼镜，眼睛闪着睿智的光，看上去既有地质人的战斗者风范，又有知识分子的儒雅。

江院长说："2010年3月19日下午，接到命令时我在广西水文地质工程地质队，我们当晚就开会，定人、定设备、定计划，第二天就开拔。上级一声令下，各个单位都是二话不说，没问给多少资金，也没有抱怨有多困难，做了再说。桂西地区的抗旱工作是难度最大的，但我们的决心很大，先是南丹，后来是天峨。作为地质勘查专家，我跟黄桂强商量，县里要怎么做，队里要怎么做，逐步探索方法。我们水工环专家不是单兵作战，而是团结一致，齐心协力，就像拔河一样，心往一处想、劲往一处使、汗往一处流。我们在中国地质科学院岩溶地质研究所袁道先院士的带领和指导下，解决了很多难题。"

笔者说："是啊，袁道先院士是老一辈，你们是中年的一辈。后来的找水打井几大战役，贵院全程参与了，现在要靠年轻人了。"

"如今我们老了，看到年轻人能发扬和继承老一辈地质人的优良传统，特别高兴。"

广西海洋地质调查院党委书记、总工程师、副院长欧业成说："2010年3月19日，接到二级应急响应，我们是去广西最偏远的'三林'，即田林、隆林、西林，20日从北海用汽车拉着设备出发，到了目的地已经是23日了。重车在山路上走得特别艰难。"

工程师吴文善说："为了赶时间，我们在路上简单吃了个晚饭，偏偏越急越出状况，大货车在去隆林的山路上爆了两个胎，没有办法，设备太重了，新买的钻探设备，车轮承受不了，用这种方式提出抗议了。山路上急转弯的时候，一些设备太重导致汽车过不了，只能将设备拆散，把零部件抬下车，等车过了弯再抬上车。我们到达目的地时已经是凌晨4点多了，一大早就开始卸车装设备，仅仅睡了两三个小时。"

卡车爆胎，人没有出事就万幸了。广西桂林水文工程地质勘察院的工程师黄雁洪也有过类似甚至更惊险的经历。2010年4月，广西大石山区人畜饮水工程建设大会战的时候，他们到乐业做地质调查。一天，到了一个村口，他们将皮卡车停下，下车向村民问路。不料，皮卡车刹车不够紧，开始往下溜，滑下山坡去了，他们见状，心都提到了嗓子眼，冷汗直冒。幸好，皮卡车滑溜到沟里的时候，被菜园子围起来的大石头挡住了，否则汽车直接溜下去，司机性命可能就没了。

山里的气候，中午热，早晚凉，一山有四季，十里不同天，半夜里赶路，人坐在车上，冷风吹得人身上凉飕飕的，山路漆黑，靠着车灯照路，四周的群山轮廓隐隐约约，透过黑乎乎的树梢，看见天边的一弯冷月。今天怕是到不了西林了。

夜里冷。他们却心急如焚。

广西北海水文工程矿产地质勘察研究院在桂南，应急抗旱却要到桂西北，路程最远，战线最长，从近乎地平线跑到海拔1700多米。

山路，一路爬升，从海拔600米升到1700多米，整个人脑子蒙了，耳朵嗡嗡响，太阳穴像要炸裂了一样，胀痛得厉害。汗水一下干一下湿，一路劳顿没有休息，特别容易感冒。

等到天边出现鱼肚白，一行人下山，想洗掉一身臭汗和疲惫，却发现没有煤气了，只有咬着牙洗凉水澡，结果全都感冒了，个个流鼻涕、打喷嚏。

一大早就开始卸钻机，他们把设备用滚筒一步步撬到田里去。在工地上出了一身透汗，感冒莫名其妙地好了。

在野外搭建工棚住，冬冷夏热，但他们早已习惯了。

吴文善说："部队的消防车运水来，山上的人下来挑。看到村民们到很远的地方去挑水，我们心里着急啊。"

笔者问："晚上没有睡好，中午不休息一下吗？"

吴文善答："我们没有午休这一说，早出晚归，广西北海水文工程矿产地质勘察研究院的杨灿宁他们，被称为'轮子上的部队'，从这个点跑到那个点，爬山多，只能趁着在车上转移的时候眯一下。"

工程师杨敏说："刚开始的时候，物探在别的地方忙着。我在一个点勘察，从地质构造的角度，找地层含水。岩溶是老地层，属于构造裂隙水，但很难找到水，听当地人说以前也打过井，但没有打出水来。我们的水文地质专家去会诊，根据勘查和经验判断，在石灰岩地层可能有水。在大路边，杨灿林确定了靶区，定了打井的位置，打了100多米，在两段裂隙打中了，是裂隙水，不是岩洞里的漏水。抽水试验，没多久水就清了，比较干净。这是在隆林打的第一口井。这口井每小时可抽水13立方米，几个村包括山上苗族的村庄，都有水用了。后面我们的物探人员上来了，几个年轻人在隆林其他地方勘探过，带来了很多的信息，使我们更有信心了。"

广西国土资源、地矿系统已累计投入工作人员1144人，其中技术人员277人，投入物探设备50台套、钻机241台套。

各支队伍接到命令的当晚连夜准备好相关资料和设备，凌晨6点就出发驰援旱区。

广西桂林水文工程地质勘察院奔赴都安花了7个多小时，一路上汽车换了6个轮胎。有的山路转弯处太狭窄，车辆太重不能走，只好卸下设备，等车转弯后再将设备装上车继续赶路。

都安，当时的路况是怎样的呢？

这里是石山王国，山上是山，山下是山，山里是山，山外还是山。有山歌唱道："瑶山路啊瑶山路，九分石头半分土，上山要靠手攀藤，下山要用手抓树，背篓压弯腰，出门石头路。"长期没有公路的年代，乡亲们出行就靠羊肠小道，翻山过坳，肩扛背驮，负重前行。

都安的地形地貌像一口石头垒成的巨型大锅，瑶族、壮族、汉族等民族的人们就生活在"大锅"底部，世世代代如愚公移山，开山凿石，开拓生路。他们出行的路，往往是从"锅底"向"锅边"弯弯曲曲延伸的羊肠小道，在"大锅"中这些羊肠小道头尾相接，便是这片大山最原始、最基本的路网。

生于斯长于斯的人们，在大山的怀抱里，有一段斑驳的历史，与行路有关。

山区旱情，触目惊心。

广西桂林水文工程地质勘察院高级工程师丁凯对笔者说："我们刚到都安，不是亲眼所见根本不敢相信，中国竟然还有这么缺水的地方。我们去做水源调查的时候，村屯里一个村民小组的组长，叫我们把他的女儿带出去，大姑娘连洗脸的水都没有，待不下去了。路上可以见到骑着摩托车给村里送水的党员送水队。我们的车刚进到村里，当地的老百姓就围了上来，诉说缺水之苦，盼望我们早日打出水来。"

在旱区老百姓的眼里，打井队员都是观音菩萨，他们带着的那些物探仪器、打井设备似乎就是观音菩萨的超级法宝——净瓶，净瓶里装着甘露水，能灭旱魔的三昧真火。

饥能抵挡，渴难熬煎。山村男女老少那种渴望的眼神，像一口深井，令找水打井的勇士们不由得心里紧张起来，太阳穴发胀，手心沁出了汗，神经已经绷到了快要断裂的程度，比当年参加高考时还紧张。

"找水打井的来了！"乡亲们奔走相告。

"找水打井的来了！"当地国土资源局、水利局干部们纷纷做好准备，以便与南宁来的地质队伍对接。

"他们把我们当成了呼风唤雨的龙王爷,以为我们分分钟能够解决问题。"广西地矿建设集团有限公司大新县抗旱救灾工作组组长胡纯龙对笔者开玩笑说。

晚上7点多,县委大院门口。大新县委书记站在门口,不停地张望,不时地看表,口中喃喃自语:"怎么还不见人?"

等待的时间,太熬人了。

终于,他手机响了,是秘书打来的,告诉他打井工作组来了。

雷永达老远见到胡纯龙他们,三步并作两步走过来,双手紧握胡纯龙的手,使劲地摇,一边摇一边说:"哎呀,你们总算来了,我都要跑到南宁求救了!这下好啦!"

大新县国土资源局(现大新县自然资源局)会议室,县委书记和县国土资源局局长硬是请胡纯龙坐到中间座位。

会议室里的气氛紧张而凝重。楼下不时传来汽车的紧急刹车声、急促的脚步声。

县国土资源局的领导简要介绍了县里的旱情:"大新县旱情最严重的是雷平镇,雷平镇最严重的是怀仁屯。这个屯长期以来极度缺水,三四月至10月基本都没有水,群众用水要到四五公里外的地方拉水。"

"有打井的来过吗?"胡纯龙问。

"很多打井队伍都来找过水,也打过井,专家也下来指导过,可是打出的都是干孔。"

"明天我和局长带你们到怀仁屯去看看。"县委书记说。

第二天一大早,县委书记和县国土资源局局长带着他们出发了。山路上汽车一蹦一蹦的,人坐在车上像坐船一样摇摇晃晃,从不晕车的队员都忍不住哇哇呕吐,吐得一脸铁青。

一路蹦蹦晃晃,总算来到了怀仁屯。

"打井的来了！"这个消息像长了翅膀，在雷平镇怀仁屯传开了。村干部带着村民们，围着县委领导和胡纯龙的工作组，问这问那，眼里闪烁着渴望的光芒，心中涌动着对甘泉的期盼。

县委书记热情地跟村干部和村民们打着招呼，提高嗓门说："乡亲们啊，山歌唱得好，不用愁，吃完红薯有芋头，红薯芋头吃完了，苞谷荞麦又低头。你们尽管放心，这次请的找水专家是我们全广西最厉害的！缺水的老大难问题，他们肯定能解决的！"

众人听了，情不自禁地连声叫好，朝着胡纯龙他们鼓掌。

胡纯龙身子转了一圈，朝着乡亲们打躬作揖，说："不敢当，不敢当啊，我们尽力就是了。"

县委书记信心满满，打了保票，当着乡亲们说这番话，胡纯龙一行人的心里产生了很大压力。天哪，这话说得太满，毫无余地，如果找不到水，打不出井，如何是好？

胡纯龙本想当场解释，说明清楚他们其实并没有那么厉害，前面的找水打井队伍铩羽而归，他们也不敢说一定有所斩获。

可是话到嘴边，他又咽下了。他怕说了不合适，怕冷了干部和群众的心。当地人的意思好像是他们来了，水也就有了。当天晚上他翻来覆去睡不着。他们刚到那里，心里一点底都没有。天啊，万一找不到水源，打不出井水，交了白卷怎么办？他想，这个事情，第二天还是要跟当地人讲清楚，找水打井，他们义不容辞，玩命干、疯狂找水都可以，但是前提条件就是要有水源。如果实在没有，他们也没有办法。他们既不是龙王，也不是神仙，他们是来找水的，不是来造水的！

老将出马

老的生姜味道辣，

老的八角味道香。

老的字号有质量，

老的红枣最营养。

老的柴兜经得烧，

老的骨头经得熬，

老的牛皮蒙得鼓，

老的葫芦做得瓢。

——广西山歌

广西地矿局派出 66 名地质专家，中国地质科学院岩溶地质研究所等单位也派出专家指导和协助找水打井。

英雄不问出处，专家不论岁数。

如果说，那些年轻的地质人是朝阳，那么这些老专家就是夕阳，夕阳和朝阳，属于同一个太阳。朝阳与夕阳，它们各有不同的炫丽和辉煌。

一批曾在 20 世纪 90 年代末参加广西 28 个县扶贫找水工作的退休水文地质专家，如钱小鄂、殷关虎、曾华烟、莫日生等，曾获得过广西壮族自治区人民政府嘉奖。

他们都是年逾花甲的高级工程师，辛苦了大半辈子，本应在家安度晚年。但是本次行动，他们像当年已经退休在家的冯子材将军一样，因为军情紧急，再度披挂上阵，战顽敌创大捷。不同的是，当年冯子材将军面对的是法寇入侵，今天这些身经百战的老将面对的是疯狂旱魔。专家加入找水打井的行列，用丰富的专业知识和宝贵经验，让应急抗旱找水打井直奔主题，少走了很多弯路。

广西地矿建设集团有限公司高级工程师覃宁魁，自称"找水老鸟"，途中赋诗一首：

> 老鸟乘风展翅飞，
>
> 千山万水愿难违，
>
> 长枪直捣龙王府，
>
> 不引甘泉誓不归。

村民们看到他们四处找水累得汗流浃背，心疼他们，感激他们，想请他们进屋来喝一口酒，吃一餐饭，喝一口珍贵的水，以尽地主之谊，都被他们一一婉拒了。专家们说："我们是来找水的，不是来给村民添麻烦的。"

学海无涯，科学博大精深，做学问一辈子也不够用，你看那些老中医，年纪越大，找他们看病的人就越多。专家队伍中，有一个重量级人物尤其值得一提，他就是中国科学院院士袁道先。袁道先院士是中国地质学、岩溶地质学学科带头人之一，国际知名水文地质学专家。在中国水文地质、工程地质、岩溶环境地质等研究领域，袁道先院士是一个绕不开的人物。

他1933年出生，2010年时已年近八旬。半个多世纪的地质研究生涯，他心中有丘壑，眉目作山河。他满头银发，那是岁月的积雪。额上的抬头纹，像水文一样写满了水的优良品性；那脸上的老年斑，是岁月刻写的五线谱，是生命跃动的节律和音符。

他出版的《岩溶地区供水水文地质工作方法》等著作、起草的原国家地质总局颁发试行《岩溶地区区域水文地质普查规程》，在岩溶地区复杂的水文地质条件下能够"牵住牛鼻子"、因地制宜，对解决水文地质普查勘查质量等问题，具有指导作用。

2008年，联合国教科文组织将世界岩溶中心依托于中国地质科学院岩溶地质研究所，正式挂牌落户桂林。人们都知道，这是袁道先院士多年鼎力推动和不懈努力的结果。

人们尊称袁道先院士为袁老，这个"老"字就像一挂拖车，拖挂着德高望重、资深学厚、经验丰富、宝刀不老等一连串的褒奖。广西山歌唱道："老是宝，老最好，不信你看老红枣，外面起皱纹，里头营养好。"姜子牙，80多岁才找到工作正式上班，遇到周文王做了宰相，为周朝立下赫赫功勋。

袁道先院士是我国研究岩溶地质的权威。他在20世纪70年代至80年代初，做全国水文地质普查时有一个重要的收获，就是查清楚了中国南方的地下河流的进口和出口。

对此次大旱，袁道先院士在接受采访时提出，应该系统查明南方地下河流，对长期缺水的岩溶地区及更严重的石漠化地区，实施系统性供水工程。

他告诉笔者，喀斯特地貌留不住水，水全到地下去了。很多地下河已经干了，要到更深的地层才有径流。地下水位下降非常厉害，有的要到百米深才能取到水。袁道先院士说："在岩溶地区要实施供水工程，需要把一条条地下河查明，修建一些地下河的引水工程。中国南方（包括广西、云南、贵州）地下河一共有3000多条，共1.3万多公里。如果把它们系统查明之后，解决广西、云南、贵州的干旱应该是可行的。"

广西地质勘查总院副院长黄志强在抗旱日记中写道：

2010年4月2日，星期五。在短短的4天时间里，我所在的工作组驱车跑了1200公里，深入30个点调研，白天连轴转，没有午休时间，不管晚上何时回到驻地，都得赶紧写汇报材料，赶在当晚12点前报出。组员们虽然备感疲惫，但一想到肩上的"使命光荣，责任重大"，更多的是喜悦。组员们决心与灾区人民共同奋战，夺取抗旱救灾的最后胜利。

在专家工作组中，不仅有广西的，还有来自其他省份的专家。水利部珠江水利委员会组织了抗旱救灾打井队赴田阳找水打井。国家防汛抗旱总指挥部从福建省水利厅选派了6名业务精、能力强、素质高的工程地质水利专家驰援广西。这6名老专家是唐新华、周先前、王俊英、韦传恩、黄健华、游国忠。

4月1日，福建的6名专家乘坐飞机到达南宁，第二天就马不停蹄地驱车直奔广西干旱重灾区——百色市德保县马隘镇。

马隘，何等险要，从镇的名字就可想而知。

专家组抵达德保后，查找有关的地质资料，重点了解当地的地形地貌、地层岩性、地质构造、地下水类型，掌握地下水的补给来源、储藏空间、排泄通道，及其与地形地貌、地质构造(断层、裂隙、褶皱)的内在关联性。

他们白天勘查，晚上回到县城，稍事休息，撰写报告，拟订第二天的勘测计划，忙到凌晨一两点才休息，有时甚至不知不觉忙到鸡叫了才躺下来睡两三个小时，一大早又跟着太阳起床，出发找水去了。睡上一个安稳的囫囵觉，那是很奢侈的享受了。他们在广西的半个月里，几乎每天如此。

专家们每天背着15千克的设备，翻越十几公里山路到野外勘查，没有水喝，嘴唇都干得起皮。

重脑力加上重体力的活，年事已高加上白天黑夜连轴转，非常辛苦，毕竟人不是机器啊。

6名专家中有3名陆续累倒了。王俊英晚上到医院打点滴，一边打一边看资料，看病工作两不误。周先前、黄健华也陆续进了医院，病情稍微好转，又出现在了勘察现场。

俗话说，老将出马，一个顶俩。

人们常将老年比作夕阳，把青年比作朝阳。

让我们为夕阳欢呼，因为夕阳和朝阳属于同一个太阳。

让我们为夕阳点赞，因为夕阳和朝阳有各自的绚丽和辉煌。

让我们为夕阳祝福，因为每个人都会从朝阳走向夕阳。

第三章　踏遍青山觅水源

【相关链接】

抗旱应急找水是一场消耗战、持久战、攻坚战，考验的是广西国土人吃苦耐劳、顽强拼搏的精神……

旱情紧急，兵贵神速。8支找水打井队伍的技术人员分2批抵达缺水村屯后，立即在当地党委、政府和水利部门的大力支持配合下，紧张有序地开展水文地质调查和物探定位工作。

（陈国章、黄尚宁《八桂大地甘泉涌——广西国土资源系统抗旱应急找水打井工作纪实》）

找水何其难

左也难来右也难，

好比鲤鱼上浅滩。

久不打鱼懒晒网，

久不下雨泪流干。

——广西山歌

找水打井，难。

难在哪呢？先说广西的地形地貌特征。

法国作家雨果在《九三年》中写道："地形可以影响人们的许多行为。"广西除南部的钦州、北海、防城港临海外，大部分地区是"八山一水一分田"的山区，处于被称为中国地势第二级阶梯的云贵高原的东南边缘、两广丘陵的西部。岩溶斜坡地带，地形高差大，水位深，找水难度极大。广西喀斯特地貌广布，集中连片分布于桂西南、桂西北、桂中、桂东北地区，还有一些碎屑岩。

旱季在缺水地区找水打井，何其难也。

抗旱应急找水多在岩溶大石山贫困地区，自然环境恶劣，重峦叠嶂，奇峰峭壁，怪石嶙峋，山高坡陡，道路险峻。

大石山区人口分散，壮劳力大多外出打工谋生，有时在村里找人帮忙搬运机械设备都难。

特殊的地质条件，给找水打井增加了很多成本，如果打井出现两三个干孔，几万元、十几万元甚至几十万元就打水漂了，血本无归。但此次找水打井行动是保民生之举，不计成本、不惜代价。

山区岩溶发育不均匀，一到旱季就没水，这在广西大石山区相当普遍。地处云贵高原边缘的百色、河池，境内山岭绵亘，岩溶广布，石漠化严重，生态环境恶劣。岩溶地貌好比一个大漏斗，留不住水，造成许多岩溶地区地表水和地下水严重匮乏。非旱之年找水打井都困难，更何况是应急抗旱时期？

在缺水的地方找水打井，又是在这样的干旱季节，实为难上加难。但为缺水地区找水打井，其实一直都没有间断过。部队来支援旱区的打井队伍、专业找水打井的队伍、当地请来的民间打井队伍……无数队伍都曾经来打过井，整个大石山区几乎像篦头发似的篦了一遍，能打出井的早就打出来了，打不出井的，那就很可能是真的没有成井的条件——没有地下水源。

广西地矿局下属的各支应急抗旱地质队伍来到这，看到山里的那一个个干孔，心里就禁不住冒凉气。这么多干孔，说明原来人家早就打过了，再来找水，就是啃硬骨头了，但能啃得出水来吗？

"山歌好比春江水，不怕滩险弯又多……"这首人们耳熟能详的广西山歌，在旱区被改成了："山歌好唱水难流，木匠难砌八角楼，瓦匠难烧琉璃瓦，铁匠难打钓鱼钩。"

村头地尾被废弃的干孔，那是一个个伤痕累累的窟窿，像一个个瞪着的眼睛，欲哭无泪地望着莽莽苍天，绝望而无奈。

此时此刻，地质人的心情何其沉重。在这样的条件下，要找到水源，确定靶区，打一口深水井，难上加难。即使找到了水源开始打井，十多人挤在一顶低矮的帐篷里，吃不好、睡不好不说，光解决打一口深井的施工用水，就是一道大大的难题。打成一口井，施工用水就得消耗400～500吨。一辆载重8吨的拉水车，来回就得跑几百公里的陡峭崎岖山路。

如何找水？广西地矿建设集团有限公司高级工程师覃宁魁对笔者说："大石山区石灰岩地区找水打井的条件比砂岩地区差远了，水在很深的地下流走了。我们有时恨不得变成孙悟空钻进地下，寻找深埋的水源。地貌、岩性、构造，这些方面的调查很重要，要做得很细致、翔实才行。资料只能作为参考，要翻山越岭做现场勘查，真正的一手资料是从脚板底下出来的。"

中医诊病，讲究望、闻、问、切，望是指观气色，闻是指听声音和嗅气味，问是询问症状，切是摸脉象。在山区找水，就像中医看病，也需要望、闻、问、切。

先说望，望就是观察。

中医的望，是对患者的神色形态、舌象等进行观察，以测知内部病变。中医通过大量的医疗实践，逐渐认识到机体外部，特别是面部、舌质、舌苔与脏腑有着密切关系。

地质人的望，是观察喀斯特地区各种地形之间的相互联系，如奇峰异洞、明暗相间的河流和地貌地形等。

山区地下水的主要来源是大气降水，其次是地表河水和渠道渗漏水。地下水主要受到岩石性质、地质构造、地貌及气候条件影响。由于岩石性质不同，岩石中孔隙、裂隙、溶洞数量不一，因此储水多少也不同。地质构造能沟通含水层，改变地下水的流向。

根据不同的地貌形态、地质构造和岩性特征，地下水的形成条件和分布规律也大不相同。

地下水在岩层中的分布很不均匀，并没有遍及整个岩溶含水层及其分布范围，而是集中在地势较低洼处或阻水断层、岩层界面处、断裂带、褶皱转折端和相变带地下水排泄点的水量较大。

但岩溶水分布也具有一定的规律性。

岩石的断层有利于降水的渗入，在岩溶地区，若有断层存在，岩溶水往往沿着断层聚集。但不是所有的断层或者一条断层的各个部位都富含岩溶水，影响的因素很多，如断层的连续性、岩石性质、破碎程度、地下水补给条件、岩溶化程度等。所以，必须具体情况具体分析，才能找到断层的富水部位。

我国古代劳动人民从找水实践中总结出的"水性向下，无孔不入""水由高处向低流，找水先要看山头"等谚语，就是利用地形地貌特征来找水的。

在岩溶地区找水，要找准发育的地下暗河。

人的肉眼有限，如今科技发达，地质人员有了"千里眼"，那就是物探设备。物探，就是给地球做"心电图"，物探找水方法主要是电法勘探。电法勘探方法分为人工电场法和天然电场法。

再说闻和问。

中医的闻，包括听声音和嗅气味两个方面。通过听患者语言气息的高低强弱、清浊缓急来诊断病症。而找水的闻，主要是用耳朵听。

地质人找水打井的问，需要走访调查，听当地人的详细叙述，向当地人了解历史和现实的水情。

近水知鱼性，近山识鸟音，欲知水源事，须问山里人。

走访当地群众，问清楚哪里有溶洞、哪里有天窗、哪里曾经冒过水、哪里曾经是取水的地方。当地人会有针对性地告诉勘查人员，哪里被淹过，雨季、夏天哪里冒水，冬天哪里冒气。地下温度高，有水所以才冒气。详细询问了解，有利于勘查人员摸清实情。

然后是实地开展地质调查勘探，结合已经拥有的大量翔实资料，去粗取精，去伪存真，由此及彼，由表及里，层层剥笋，综合分析，做出判断，逐步找到水源。

最后说切。

中医的切，是指摸脉象，体察脉象变化，辨别脏腑功能的盛衰。地质人的切，常用的方法就是物探，物探既是望，更是切，靠地面电法物探仪来大显神通，探测肉眼无法看到的地下情况。

越是贫水地区，物探的干扰因素越多。

如百色市凌云县，地处云贵高原延伸带，群山苍茫高耸，海拔高达2062米，县城被称为"石头城"。岩溶发育地区地下含有铁矿，对仪器有很大的干扰，只能采用不同的仪器探测。如百色，地质构造复杂，地层交替出现并夹有泥灰岩和碳质灰岩，找水用得较多的物探方法是视电阻率法，但泥灰岩和碳质灰岩测出来的都是低阻，含水岩层测出来的也是低阻，无法识别测出来的物探异常到底是因为地层引起的还是岩层含水引起的。物探手段在这种情况下难以识别地下水源到底分布在哪里。

这是一个找水界公认的难题。

勘查水源的物探人员身边，总跟着一大群老乡，他们是找水打井地质人的铁杆"粉丝"，人们目不转睛地盯着仪器，似乎那仪器一开动，地下就能冒出汩汩的甘泉来。

物探是给大地号脉，是给地球做心电图。与人的心电图不同，人的心电图异常是提示人的心脏可能有问题，但物探图形的波形出现异常，提示的是地下可能有水。仅仅是可能有，不是一定有。碰上淤泥时物探图形的波形也会出现异常，如碰上方解石，物探图形的波形也会下降。要排除这种种干扰，做出正确判断，没有理论可参考，教科书也不知道。

大石山区多为石灰岩，是以方解石为主要成分的碳酸盐岩。方解石的电阻反应与水的电阻反应相差无几，给物探人员造成了极大的困扰，作业中只好辛苦些，多拉几条物探线，多采集几组数据比对判断、综合分析，以减少这种干扰。

如此一来，工作量大大增加。每天的物探布点是平时的两三倍。并且踏勘、物探和设备调度齐运行，理论和经验共用，只为快速准确地确定物探结果。

在山区找水打井，望闻问切，简而言之分三步走。

第一步：地质勘探调查，圈定有水区域的靶区。

第二步：物探，圈定打水井位。

第三步：钻探，打井取水。

确定靶区，这一步非常关键。靶区定对了，才能有的放矢。所谓靶区，就是水源的大致范围，战士练习射击要有靶子，地质人打井要有靶区。靶区确定后，就把靶区切割成若干横断面剖面图部位和地段。

岩层取水有诸多条件限制，如地质环境比较脆弱的地区不能布孔，已经超采的地区不能布孔，水质不好的地区不能布孔。饮水的环境要健康安全，也是打井取水时考虑的必要因素。

干旱的山区，干旱的时节，找水艰难，打井成功率低。

但事物总有两面性。

旱季一旦找到了水源打出了水井，那就是板上钉钉的事了。旱季都能打出水，平常日子肯定也有水，丰水季节更不用说了。

难字怎么写？难者，又佳也。

冒死闯龙潭

山歌好唱难开腔，

鲤鱼好吃网难张，

甘泉好喝井难打，

龙王不知在何方？

——广西山歌

找水仅有物探是不够的，仪器也不是万能的，弥补的手段就是冒险犯难，去钻溶洞、爬天窗，深入"龙潭"，在深藏不露处寻找地下水源……

找水打井的大幕拉开了。

广西桂林水文工程地质勘察院抗旱救灾的第一站是河池市特旱区都安瑶族自治县。都安位于云贵高原最南端、红水河北岸的大石山区，境内总面积 4095 平方公里，石山面积占 89%。

都安，都安，开门见山，出门爬山，俯仰皆石头，满眼都是山。站在山谷仰头望见四周山石嶙峋，爬上山顶纵览眼底大山巍峨。

都安的山，岩石多为石灰岩，人们常说都安是"九山半水半分田"。

都安的莽莽群山褶皱里，坐落着 1.5 万多个山峑，这些山峑就像一口口形状不同、深浅不一、大小各异的大锅，一口紧接着一口挨挨挤挤地排列在一起，构成这片大石山区沟壑纵横的地形地貌。

造物者是公平的，这里资源奇缺，自然环境恶劣，却有着地球上亿万年难得一见的世界地质景观——石头开花。

石头开花奇景在都安县澄江乡红渡村古楼屯的长寿山上，几十块大石头上长出玫瑰花般的石花来。到目前为止，除了都安，地球上还没有哪个地方发现石头开花。地质学家们称之为世界一绝。

长寿山上这种神奇的石头花，令人叹为观止。花瓣多为褐色，由外向内，颜色逐渐变浅。这种石头花盛开的时间需要几年，也可能需要几十年，难得一见。

地质专家解释，石头花其实是溶洞底部的沉积物，是燧石结核。从地质学角度来说，这些石头是浅灰色中厚层状含燧石结核生物碎屑灰岩，距今有2.5亿～2.6亿年。

都安地处云贵高原向广西盆地过渡的斜坡脚上，最高处是隆福、下坳、保安、三只羊等乡，峰顶海拔为800～1000米，洼地、谷地海拔为600～800米。都安是全国岩溶地貌发育最典型的地区之一，洼地密布、石山绵亘，地下河天窗、峰丛、峰林等地貌单元奇特壮观，悬崖绝壁，连绵不绝。曾几何时，这里土地贫瘠，饥荒成灾。前来考察的联合国官员认为该地域是"不适合人类生存的地方"。

没有什么比这里陡峭的山峰更险恶，没有什么比这里的水更神秘、更珍贵。

苦难孕育英雄，英雄战胜苦难。

苦难是一个创伤，创伤是英雄的身份证明。

早在20世纪60年代，广西有一句震撼全国的口号："雄心征服千层岭，壮志压倒万重山。"

居住在这里的壮、瑶、汉、苗、毛南、仫佬、回、水等民族的人民像愚公移山一样，硬是在这一片穷山恶水之中开发出一片土地。这就是都安精神。

都安精神激发了地质人找水打井的斗志。

广西桂林水文工程地质勘察院工程师丁凯，是桂林理工大学水文地质专业的硕士研究生，2009年研究生毕业分配到单位，刚出校门就去应急抗旱找水，连续奋战了好几年。结婚多年，开始都没敢要孩子，因为常年在旱区作战，顾不上家里。除了百色抗旱，其他四大抗旱战役他都参加了，如今他已是高级工程师了。

他负责的旱区河池市都安瑶族自治县，已经打出了100多口井。

他说："我原来考桂林理工大学的时候，报的专业不是水文地质，是调剂过来的，后来不知不觉就爱上这个专业了，越学越觉得有意思，感觉挺好的……2010年3月20日，我们去到都安，出钱到村民家里吃了午饭，我竟然咳出血来，到医院一检查，是煮饭的水有问题。当地人适应了没事，但我们水土不服。在都安我负责整个面上的工作，跟着我的技术员叫彭少文，地质大学毕业的，小伙子蛮能吃苦的，有一天他跟我请假，想到县城住一个晚上，洗个澡，好多天没洗澡，身上都酸馊了。平时我们觉都睡不好，浑身发痒，翻来覆去难以入睡。为了睡好觉，第二天能够有精力工作，有时只好把自己灌醉……"

笔者问他："听说你钻过的溶洞不下百个，不害怕吗？"

丁凯说："刚开始钻第一个溶洞的时候是有些害怕的，后来习惯了就不怕了。为了找到水源，冒险是值得的。"

记得钻第一个溶洞是在都安东庙乡，他和院党委书记、总工程师高武振，副院长刘倡冠下到洞里勘探。

当地人告知，溶洞里潮湿阴冷，要先喝点酒驱寒。喝水难，酒还是有得喝的。其实，喝酒暖身是假象，容易感冒倒是真。酒后身体发热加上酒精刺激，导致血管扩张，血液循环加快，暂时觉得暖和。但当人在溶洞中，身体产生热量的速度跟不上热量散失的速度时，体温便会下降，人就会感觉冷，比不喝酒更冷。

俗话说酒壮英雄胆。丁凯喝酒，表面上为了御寒，深层次的原因是为了壮胆。正如武松如果没有那几碗酒，可能在看到县衙门贴的告示后就不再往前走了，就不敢闯景阳冈了，也就成不了打虎英雄了。

穿好工作服、戴起安全帽，刘倡冠打头阵，高武振断后，丁凯在中间，安全带捆在腰间，身上背着测绳，就下去了。

洞里潮湿阴冷，黑咕隆咚，感觉阴森森的。

他们拿着手电筒照明，这是黑暗里的一线光明。

洞中那些石笋、石幔、石钟乳、石塔、石瀑等堆积起来光怪陆离、嶙峋狰狞的形状，有的像猛兽，有的像蛇蝎，有的像阎王判官和小鬼，有的仿佛举着刀剑，似乎在威胁他们赶紧离开，看起来凶神恶煞的。

作为地质人，他们知道，越是复杂的地方，越有可能找到水源，打出井来。

丁凯是北方人，一米八的大个子，钻洞很是辛苦，猫着腰弓着背，稍不留神头就会撞上洞里那些尖尖吊着的石钟乳，好在戴了安全帽，可以遮挡一下。

他们贴着石壁，一步步地挪，有的地方要爬行，有的地方要侧身，有的地方要攀岩，紧张得很，喘气的声音都听得清清楚楚。

突然，一个物体擦着丁凯的帽檐飞快地掠过，哐当落地。丁凯猝不及防，被吓出了一身冷汗，半天缓不过神来，原来是前面的刘倡冠副院长想腾出手来攀岩，不小心手电筒掉了。

危机四伏。

洞里会遇到什么，洞外会发生什么，这一刻谁也不知道，也无从防备。俗话说，天有不测风云，人有旦夕祸福。万一上游突然下起雨来，洞里涨水，人根本就无法逃离这样的险境，可能会被活活困住，淹死在洞里。

他们下到岩洞的 35 米深处，洞里越来越狭窄，脚下越来越湿滑，继续往前，还是无功而返？往前走，险象环生，但或许会有意外惊喜。

只能冒险往前，别无选择。

眼下，他们心中只有一个念头，尽快找到水源，缓解旱情。

他们继续往前走，抬头发现有岩石滴水，地质学常识告诉他们，溶洞的形成是石灰岩地区的地下水长期溶蚀的结果，说明这里有水源。

这时，脚下特别湿滑，为了不滑倒，他们手攀岩石艰难挪动。

又往前 10 米，啊，头上有天光，脚下有亮光，定眼一看，是水，终于见到水了！太好了！

测量水位，水深 2.5 米，有戏。

他们赶紧用罗盘和测绳测量水位和裂隙带走向，定出孔位点。

地面上的人用测绳量出地面到水面的高差，达 60 米。

回到地面，他们冷得瑟瑟发抖，这才发现已浑身湿透。

紧张攀爬的热汗、不时受到惊吓冒出的冷汗、溶洞的水，这么多"水"浸泡，能不湿透？但在洞里时，他们却毫无察觉……

钻进洞里，是最黑暗的时刻。

发现水源，欣喜地回到地面，是最光明的时刻。

打出水井，是山区最幸福的日子。

经过走访当地群众，了解雨季夏天哪里冒水、冬天哪里冒气、哪里的溶洞里面有水，掌握第一手资料，以指导地质调查，并结合手上掌握的水文资料，综合分析，就会更加接近水源处。而人工找水，钻溶洞是比较可靠的手段，也是规定动作。

2010 年 3 月，都安东庙乡地同村弄洪屯的村民告诉他们还有一个山洞。村民带他们去到洞口，只见一个溶洞，洞口垂直。

村民说:"洞里面可能有水,耳朵贴着地面,可以听得见水声。不过……"村民欲言又止。

丁凯问:"不过什么?"

"里面蛮危险!"村民说。"蛮"在当地人的语境中,就是"极端"的意思。

不入虎穴,焉得虎子?不闯龙潭,安知龙脉?

丁凯决定跟上次一样,再次冒险进洞探查。

老村主任得知,赶紧来劝阻:"这个洞是天窗,没有办法下去,下去了也不一定上得来,太危险了!你看这个洞又黑又深,算了吧,还是到别的地方看看。"

"总该试一试吧。"丁凯说。

老村主任说:"我跟你讲,你要听我的,人命关天哪。"

"我一个人下去,先看看情况。"他说。

他想着,既然那么危险,像排雷一样,只要一个人进行就行,发生危险外面还有人可以救援。

"我是最了解情况的,我说下不得,你还听不懂?"

"溶洞比较直观,可以看到有没有水,有水的话,水的流向很容易看得出来,水量够不够抽,要等测量水位后才能确定,这些情况不下去怎么弄得清楚呢?"丁凯解释说。

"这个……"老村主任似乎有所顾虑,欲言又止。

"不下去,用水怎么办?"

当地村民缺水的悲苦情景,一一闪现在眼前。

高武振现场拍板:"没别的招了,一定得下去。先下去看看,碰到情况不对,就赶紧上来。"

是啊,没办法了。从他们进场开始,天刚蒙蒙亮,村里的老人就可怜巴巴地守候在现场。他们隔一会就问："找到水了吗？什么时候打出井？"县国土资源局的领导也打电话来问，"你们有进展了吗？"

遇到水时探测仪器反映出来的电阻率相对比较低，但却打了2个干孔。一般说来，这时就必须撤了，一来成本承受不了，二来眼前的事实告诉他们这里没指望，只能另找地方。

欲问山中事，须问打柴人。他们访问当地的村民，有的老人一口咬定附近有水，有的后生说没有水，而且都说得振振有词，有理有据。当地人说的种种水情，与他们地质调查得来的资料有出入，有些地方相互矛盾。到底是资料有偏差，还是当地人说的不对？必须搞清楚。

不钻洞探测，又怎么知道里面有没有水源？除了进到洞里探查，别无选择了。

但怎么进去，他们犯愁了。这个天窗洞口是垂直的，洞壁陡峭，如果是专业探险队，就有诸多专业设备，如绳梯、套在安全头盔上的射灯、固定攀爬的螺钉、吊上滑下的环圈、保险尼龙绳和扣环等，但是他们是地质队，除了传统的三大件——地质锤、地质图和罗盘，就只有测绳、工作服和安全帽了。

人是活的，洞是死的。他们和村民们一起商量，决定用土法上马，因陋就简。

没有尼龙绳梯，村里人就砍来竹子，用竹子和绳子做成梯子当作绳梯。没有保险绳，就用结实的棕绳绑在身上做替代品，没有头盔上的射灯，就口咬手电筒代替。

丁凯手抱竹梯，双脚夹着竹梯一点一点往下滑。

抱着竹梯下滑，既不能太松又不能太紧，太松了人会摔下去，太紧了无法下滑，就像老虎咬着自己的幼崽在山间行走，一路要过涧跳崖，咬紧了幼崽会被咬死了，咬松了幼崽会掉下去，松紧之间要把握一个度，难就难在这个"度"。

就这样，丁凯手脚并用滑下去。刚开始还行，可是越往下越觉得不对头，从来没有下过这么深、这么陡的溶洞，心里难免紧张，当他到达竹梯的中间，竹梯摇晃起来，人在上面感觉很恐惧。如果有水应该有反光，可是下面黑咕隆咚什么也看不见。

他听见了滴水声，竹梯被打湿了就打滑，人在上面站不稳了，已经下到一半了，只好大起胆子搂抱着竹梯继续往下。

艰难地下到洞里，很多地方无法行走，只能匍匐爬过去，他嘴上咬着电筒，在里面慢慢爬行……

外面的人急死了。打电话一直没有人接听，怎么这么久？丁凯从中午1点多爬进去，快3个小时了，里面到底发生了什么？有没有发生危险？为什么没有一点音讯？

地面上的人比洞内的丁凯更紧张，心都提到了嗓子眼了，喉咙发干冒火，院领导不停地打电话，就是没有人接听。工程师袁建鹰、物探员黄雁洪、丁凯的师弟范新东都着急地问："现在怎么办？"

"等一下，再等一下，这个洞蛮长蛮深的。"

丁凯下去差不多有3个小时了。这3个小时洞外的人感觉甚至比一年的时间还长。

副院长刘倡冠在洞口急得直跳脚，像滚开水烫了脚一样。他是主管安全生产的副院长，不允许有任何闪失。

差不多每隔半小时，他就给丁凯拨打一次电话，前后打了9次电话，开始时丁凯有回话，后来电话打不通了，不知道里面到底发生了什么。

"不能再等了！"刘倡冠身上捆好绳索，准备亲自下去，不是找水，而是找人！

就在此时，洞内传来一个熟悉的声音："找到了，找到水源了！"

谢天谢地，丁凯还活着。

地面上所有人压在心头的一块石头落了地。

进洞不易，爬上洞更难。一百多斤的重量，同事们抓着保险绳缓慢地往上拉，丁凯搂抱着竹梯往上爬，终于回到了地面。

刘倡冠急忙问丁凯为什么不接电话，丁凯说洞里没信号。

经测量，水位埋深 62 米，有收获，没有白白冒险。

测量水位时，50 多岁的罗东平工程师拿着全站测量仪一路蹚水过去，直到水齐腰部，在水里浸泡了两三个小时。这如同上半身蒸松糕，下半身泡凉粉，上半身在冒汗，下半身泡在水里，如此一热一冷，怎么受得了？当天晚上他就发病了，一会儿额头上冒出豆大的汗珠，一会儿瑟瑟发抖，同事们赶紧送他去医院，经诊断是受寒发高烧。中医认为他这是疟邪瘴毒入侵，兼感风、寒、暑、湿时令邪气，加上劳倦等引起的。

生病不要紧，治好了就行。

事后，村主任告诉丁凯他们，这个洞，以前牛掉下去过，猪也掉下去过，人也掉下去过，就是没有上来过。

丁凯这才恍然大悟，村主任死活不让他下去的真正原因，原来这里不仅死过牲畜，还有人掉下去没救上来！

这太危险了，简直是玩命。回想起来，丁凯难免有些后怕："如果早知道有这回事，我还真不敢下去。"丁凯说，"不过冒险也值得了，我们今天冒险，找到水了，就是为了让当地人以后不再冒险。"

如果不钻进洞里，单从地面是看不出来洞里是否有水源的。钻洞，查底层，看走向，找缝隙，量方位，测水深，心里有谱了，水源找到了，靶区就确定了，就能打中水了。

后来，他们钻的溶洞多了，恐惧也渐渐消除了。

2010 年 4 月 21 日，广西桂林水文工程地质勘察院找水打井队伍经过

3个干孔的经验和教训，26个日夜苦战，终于打出了一口日出水量480立方米的水井。从此以后，地同村小学300多名师生和附近700多名村民喝上了清洌的甘泉。

地质队伍，既是战斗队，又是侦察队。

溶洞，是岩溶作用所形成的空洞。

天窗，是山崖、洞窟顶部透光的缝隙。

大石山区岩溶发育，溶洞、消水洞、天窗等地质分布点多面广。钻溶洞勘查可以精确定位。于是，爬溶洞、进天窗，渐渐就成了地质队员的规定动作。

广西桂林水文工程地质勘察院的高级工程师卢春名对笔者说："我们单位的领导，钻溶洞都是身先士卒。徐顺息院长，2010年找水打井时是总工程师，他负责整个大石山区抗旱找水工作，在环江县前后待了2个多月，带领我们找水打井，打了3个干孔。我们觉得没有什么希望了，准备要撤退，可徐院长说宁可亏本也要干下去，村民半夜三更去接水，太苦了，我们再想想办法。他分析了这个地方的一个溶洞，经过调查发现溶洞平时是有水的，干旱时没水了，那说明还是有水源的。他钻进洞去勘查，后来找到了一处裂隙水。平时调查，钻溶洞，徐院长都是带头下去的。"

主任工程师黄景芳说："应急抗旱找水，我们去了凌云，在下甲村调查时发现那里的地下水连通不好，水位很深，我记得冒险下去过2次。做物探时线拉长了就不行，就只能钻洞。我上午10点多钟下去，下午5点多才出来，在洞里拐来拐去7个多小时，到最后我都没有力气爬上去了，是上面的人用绳子把我拉上去的。上去后，我倒在地上动弹不得，感觉生命不属于我的了。村民后来才告诉我，这里曾经死过一个孕妇和一头牛。"

广西第四地质队工程师韦建发和邓晶，在隆林县德峨乡弄杂村下岩脚屯做野外水文地质调查时走访村民，村民告知："有洞，洞里好像听得到水声。"

"走，我们跟你去看看！"

韦建发和邓晶跟着当地村民来到山腰，仰头只见上面有个天窗。

有情况！

从地质构造来说，在溶洞和天窗里面极有可能会发现地下暗河，钻进去调查，定位钻孔，钻机就有可能打中暗河靶心。

他们爬上去，见天窗口很狭窄。经商量，韦建发"闯龙潭"侦察，邓晶和村民们在洞口接应。

用电筒往里照，光线射不到底。丢个石头试水深，很久才听到石头入水的声音。

此洞深不可测，不可轻举妄动。

屯长叫来了7个壮劳力，在上面拉着粗麻绳子的一头，另一头绑在韦建发的身上，和着村民们吭喝的口号，将韦建发徐徐吊入天窗……

电筒光照射，突然，扑啦啦洞内飞出一群受惊的蝙蝠。更可怕的是，洞中骤然飞起的蝙蝠差点就撞上韦建发和上面人们的面部。吓得他们缩头闭眼，一时不敢动弹。

蝙蝠看似飞禽，其实是阴险狠毒的哺乳动物，它们身上携带有上百种病毒，是致命病毒的仓库和储存器。这些年来在全球多地暴发疫情的"非典"病毒、中东呼吸综合征病毒、埃博拉病毒、新型冠状病毒等都来自蝙蝠。

洞中的蝙蝠，阴气十足，长期群居在黑暗潮湿隐秘的山洞里，如果洞中的他们稍不留神，被扑面而来的蝙蝠碰到眼睛、口、鼻或者擦伤皮肤，就极有可能受到感染。而一旦感染了病毒，就很可能是致命的。

专业的探险队有专用的设备，如防护服、护目镜、专业口罩等，不怕蝙蝠。但韦建发他们做地质调查的没有这些探险设备，实在惹不起这要命的蝙蝠，只能用手遮挡脸部躲避，保护自己。

韦建发下到天窗40多米处，见到水了！

赶紧涉水测量······

村民们把他拉上来的时候，他浑身已经被泥水浸透了，像个泥人。此后，广西第四地质队在下岩脚屯，依靠罗盘精准定位，钻机一击即中，打出了一口每小时出水量为20立方米的井，缓解了旱情，造福了一方百姓。

回忆起下洞经历，韦建发倒抽一口凉气，他说："每次从洞里上来都后怕，总是对自己说，下次再也不下去了！但每次看到天窗、溶洞，还是要进去，不然，我怎么能证明自己的水文猜想？"

在隆林县蛇场乡马场村大坝屯，广西第四地质队工程师零军平和阳克青，口咬纸笔，爬入一个溶洞，匍匐前行，边爬边记录。爬着爬着，竟然有了大惊喜，发现有个大溶洞，里面有流动的地下河，经测量水深有70多厘米！

这次钻洞，由于岩壁粗粝，他们的衣裤和鞋子都磨损了。这次钻洞测量的结果，广西第四地质队为大坝屯打出了一口每小时出水量为14立方米的井，当地300多名苗家人的安全饮水，再也不用愁了。

说起爬天窗、钻溶洞，不仅仅是年轻后生的事情。广西地质勘查总院水工环地质业务主管，广西地矿局找水打井办公室主任、高级工程师黄桂强，更是被人们称为"钻山豹"。2010年春季，他是广西壮族自治区国土资源厅（现广西壮族自治区自然资源厅）、广西地矿局抗旱应急找水打井技术专家组成员。

2010年4月，某报刊登了一幅黄桂强爬行在狭窄的溶洞中勘查的照片，有读者指出图中的黄桂强没戴安全帽，这是违反安全操作规程的。

读者说的没错。但是，在现场的人都知道，在那么狭窄的空间，身上多一件物品都动弹不得，更不用说还要钻进溶洞探寻水源了。所以，没戴安全帽是万般无奈之举，是迫不得已的冒险行为。

如此这般，我们应该可以理解了，应急抗旱找水打井，是非常时期的超常规作业。

广西地矿建设集团有限公司高级工程师张作清说："田阳大路村上地屯，那个点我印象很深，水文地质条件奇特，物探效果不明显，发现有个大溶洞，只能钻到溶洞里面去勘查，当地人用钢筋焊了一个简易的梯子让我们爬下去。在洞里仰头看天，不是一线天而是一个亮点，像一颗星星。一次搞不清楚，就多下去几次。这个洞是倒喇叭形的，洞口窄，越往下越宽。石灰岩地区的溶洞很多都是这种情况，口子窄、上面窄或有一段很窄，有的地方甚至要侧着身子擦着石壁才能挤过去，有的地方要爬才能过去，但是扛过这一段，硬着头皮到了下面，又出现宽敞的地方，会柳暗花明地见到水流。钻洞是家常便饭，虽然都知道下去很危险，洞里会发生什么意外谁也说不准，但是我们不能因为有危险就不下去。常规物探效果不理想，就逼得你采用这种危险的人工调查，采取这种最原始的探险方法。"

他们坚信，山不转水转，水不转风转，风不转云转，云不转人转，再坎坷的山路也要爬，再深的山洞也要钻进去，直到找到水源。

广西地质调查院工程师张勤军说："石头缝中找水难度大，干孔和水井，可能就是一米之差。这么多年来我们做的工作，就是为了那一米，所以勘查必须精准。这就是广西缺水大石山区的特征。我在石灰岩地区参加应急抗旱时，两个月的时间要解决 10 个村屯的饮水问题，打了 3 个干孔，成本就不计较了，政治任务没有价钱讲，亏了就亏了，有个村已经打了 9 个干孔，当我们打到第十个时，觉都睡不着了。半夜里爬起来分析成井率，打了那么多孔都没有出水，那就是地质条件没有摸清楚，我们必须钻山洞勘查了。不到万不得已，有些山洞是不能下去的。"

笔者问张勤军记忆中最危险的是在哪里钻溶洞。

"是在天等县的白龙洞，当时那里水位已经降到最低了，那个地方是典型的岩溶洼地。山很高，在洞口用绳子吊着下去。洞深有二三十米，仅有一个一人宽的缝隙可以进去，用手电照着爬进去过，里面全是泥巴，多亏穿的是解放鞋，可以抵挡一下。山洞里找不到抓手的地方，浑身冒冷汗，怕一旦掉下去就麻烦了。身体没有支撑点怎么办？整个像蜘蛛人一样，手脚撑开来，抵着四周的洞壁，一点一点地移动，两个当地的村民在我的一前一后，也是一身泥巴。下到洞底，终于见到有水，他们帮着拉皮尺测量。"张勤军说。

广西地质调查院水环所副所长赵春阳说："地质工作者的艺术性体现在哪里呢？认为那个地方打井条件不好，但是偏偏就打出水来了，实力是一个方面，运气成分也要有。那个洞几十年没有进过人了，我们冒险爬进去，一门心思要找到地下河道，摸清水的走向。既然极度缺水，我们就必须做好在极度艰苦的条件下做调查的准备，惊险刺激，既有成就感，也有艺术性。"

不计报酬，无论生死，越是危险，越显忠诚。这就是"苟利国家生死以，岂因祸福避趋之"的真实写照。

根据国家防汛抗旱总指挥部的安排，从福建来的地质工程专家，在百色市德保县缺水最严重的马隘镇、巴头乡和隆桑镇的村屯，开展裂隙溶洞水调查，他们不顾年事已高，不顾洞内凶险，也深入"龙潭"。

专家们每天除了翻山越岭就是钻溶洞。15天里，他们不知翻过多少山，越过多少岭，钻了多少溶洞。

洞外温度高，接近30摄氏度，他们穿着短袖衣衫进去。一进到洞里，温度骤然下降十几摄氏度，阴冷潮湿，空气沉闷，背着十几千克的设备，加上精神高度紧张，汗水浸透了衣背。

高级工程师韦传恩在马隘镇钻溶洞时，遇到狭窄而嶙峋的拐弯处，他挣扎着爬行时，不慎扭伤了腰，爬上来贴好风湿止痛膏，又钻进了溶洞。

他们在钻进一个70多米的溶洞时，终于找到了一条地下暗河。

暗河的水量比较大，预测每天出水量上百立方米，可供周边约3000人饮水用水。专家们实地考察，在马隘镇查找了5个水源点，在巴头乡查找了8个水源点，在隆桑镇查找了13个水源点。他们在这些水源点的基础上分析论证，筛选出丁坡屯水源点，放样定井位，钻探取水……

广西水文地质工程地质队是广西地矿局找水打井的主力队伍之一，他们的应急抗旱区域在东兰县。

东兰县地处桂西北地区，云贵高原南缘。

中国有6个将军之乡，分别是广西的东兰县、湖北的麻城市乘马岗镇、安徽的六安市独山镇、海南的文昌市、湖北的红安县、湖南的平江县长寿镇。东兰县曾是右江革命根据地，是邓小平、韦拔群、张云逸等革命先辈曾经战斗流血的红土地，涌现出韦国清、韦杰、韦祖珍、覃健、覃士冕等共和国的第一代将军。

东兰县是有名的大石山区，山高路险，石漠化严重，全县很多地方旱情告急。东兰县大同乡，地形地貌复杂，板坡村板合屯极度缺水，曾有多个打井队伍来到这里探测找水，但都未能如愿。

广西水文地质工程地质队的黄祖勇和队员们来啃这块"硬骨头"，不斩龙王誓不还。根据在当地的调查，结合地质资料，进行地毯式和拉网式的调查。

他们来到一座山下，山脚处有个很深的落水洞。

要弄清楚水的流向、水的深度，就只能钻进去。黄祖勇身先士卒，与测量人员绑上绳索坠入洞中探测水情。洞内情况不明，电筒光照射一周，可看到洞中四处都是面目狰狞的"怪兽"，似乎随时都可能要了他们的命。

险象环生，让人心惊肉跳，但当他们听见洞内有滴水声、摸到湿滑的洞壁时，顿生勇气和力量。

坠下去深一点，再深一点。当他们下坠到 30 多米处时，终于听到哗哗的流水声，啊，有一条地下暗河！

他们涉水蹚泥，定孔位测量，水位达 36 米深。折腾了近 2 个小时，当他们爬上洞口时，个个都成了泥人。这时，队员们发现队长黄祖勇的面色白得像纸，豆大的汗珠从额头上淌下来，只见他双手捂着双腿，龇牙咧嘴，似乎在强忍着剧痛。原来，他在洞中测量时在冰冷的水中浸泡的时间长了，寒气侵入了骨头。

"黄工，要不要送你到医院？"

"哪有那么娇气？休息一下就好了。"黄祖勇说。

"为找水打井，黄工可成'拼命三郎'了。"队员们说。

歇息了一会儿，黄祖勇坚强地站了起来，带着队员们在接近山顶处布钻孔。

在施工至 150 多米深时，这地下的甘泉挣脱了大山的束缚，喷涌而出，造福旱区灾民。

黄祖勇的眼眶里泪光闪烁，眼泪缓缓地滚落下来，像岩洞里石钟乳上的滴水，晶莹透亮……

由于连日的劳累疲乏和精神高度紧张，加上在山区的跋涉，黄祖勇的骨头严重受损，后来诱发了缺血性骨坏死。这种病是血液供应受阻而导致的骨细胞死亡，而当时的剧痛就是病症发作了。黄祖勇一门心思扑在找水上，他根本就没有在意，这病是后来才发现的。

为了这喷涌的甘泉，广西水文地质工程地质队黄祖勇和他的队员们，究竟花了多少心血，流了多少汗水，付出了多大的代价，只有他们钻过的溶洞知道，爬过的天窗知道，蹚过的暗河知道，滴水的石钟乳、冒水的石笋知道……

找水也疯狂

找水迷，找水急，

找水急成一张皮，

撩起衣服你来看，

排骨根根像楼梯。

——广西山歌

旱情就是命令，抗旱如同抗战。广西地矿建设工程有限公司总经理助理胡纯龙，主动请缨担任崇左市大新县找水打井组组长，奔赴抗旱前线。

大新县是崇左市的干旱重灾区，雷平镇怀仁屯是大新县的重灾区，抗旱救灾、找水打井，怀仁屯是重中之重。

怀仁屯有300多人，缺水、盼水、找水，都快疯了。

这个屯历来就缺水，找水打井队来这里，前后加起来一共打了8个干孔。

这些干孔，是大地上巨大而疼痛的伤疤，又像是一只只瞪着苍天欲哭无泪的眼睛。

这些干孔，胡纯龙看着看着，心里就免不了打起小鼓，人家打不出来，我们能行吗？

压力山大啊。

仅用了 5 天时间，胡纯龙带领广西地矿建设工程有限公司的队员跑完了大新县 14 个乡镇 50 多个自然村屯，踏遍了大新县 2755 平方公里的缺水区。经过水文地质调查后，胡纯龙发现大新县各村屯人口分散，寻找中等偏小水源更为合适，这样速度快且成井效率高。胡纯龙带领队员们开始了疯狂找水。

疯狂找水法，是大新县国土资源局和大新县水利局命名的。

胡纯龙和他的团队同时进行踏勘、物探、设备调度，理论、经验和实践结合应用。胡纯龙身先士卒，每天物探布点是平时的 2～3 倍。

参战人员超负荷运转，每天工作时间长达 16 个小时，队员们自我解嘲："组长带领我们到大新来搞减肥瘦身运动。"

胡纯龙他们经过大面积的水文地质实地调查和资料分析后，发现该地属地表分水岭，找水条件极差，但只要吃透小流域汇水规律，重点在碳酸岩断层破碎带打中 100 米以下的深层水，就有成井的希望。

笔者采访了时任广西地矿建设集团有限公司副总经理韦孟奇。

笔者问："你们抗旱救灾，印象最深的事情是什么？"

韦孟奇说："印象最深的是，白天累了一天，晚上没有水洗澡。没有水，就抹一把脸。在野外搭个帐篷遮挡风寒，开始觉得不习惯、难受，后来太累了，倒下就睡着了。几天几夜不洗澡，一身臭汗，居然也睡得着，一个原因是实在太累了，另一个原因是条件就是这样，只能将就，入乡随俗了。那时最大的奢望、最幸福的事就是想着抗旱救灾任务完成了，痛痛快快地洗个澡。"

笔者："吃的情况怎么样？"

韦孟奇："吃也不讲究。还是因为缺水，当地招待我们的水是泥巴水，脏兮兮的拿来煮苦荬菜，哎呀，有水就不错了。"

笔者："山高路陡，你们是怎么克服交通不便的呢？"

韦孟奇："那时路还没修好，交通特别不方便，我们的队伍是以工民建为主的，没有大卡车。但我们搞工程的也有优势，就是见多识广，经验积累丰富，有困难和问题我们想办法解决。做过工程跟没做过工程，差别很大，轻车熟路了，解决问题的能力大不一样。当然，找水打井其实比做工程难度更大，很多地方不通车，设备要靠人拉肩扛，通车的地方是很难找到水源的。有水的地方多是在半山腰，找水的点都是大山最偏僻的地方。还好大新县的县委领导给我们提供了很大的方便，县委书记发话了，救灾如救火，抗旱如打仗，所有的职能部门都要给抗旱救灾让路。"

笔者："你们一去，相关部门都密切配合，做得到无缝对接吗？"

韦孟奇："开始时有些部门并没有看好我们，原因有两个，一个是我们一直做工民建，不是专业打井找水的；二是那么多打井队来过，他们也抱着很大希望热情接待过，但是没有打出水来，类似事情多了，就有点心灰意冷了。这完全可以理解。好在广西地矿局统筹调控一盘棋，及时调动机关的人员下来，化解了难题。我们打出了水后，人们的看法马上就改变了，热情主动配合多了。"

广西地矿建设工程有限公司去到大新县，虽说是专家，但心里也没底。恶劣的地质条件摆在那，这里是个分水岭，水往两边流走了。地质构造断裂了，经过地层判断发现水量不够，有的是由于人为因素（如搞建设建电站），时过境迁，原来的水路改变了，老的水文资料现在拿来用，如同刻舟求剑，显然是行不通的。

抗旱如抗战，救灾如救火。

时间紧，任务重，人手少，困难多，怎么办？

非出奇不能制胜。广西地矿建设工程有限公司因地制宜创造了一种疯狂找水法，在广西地矿局系统影响很大。所谓疯狂找水法，不是傻干蛮干，而是建立在科学求真的基础上苦干实干加巧干。

疯狂找水法，笔者请胡纯龙和韦孟奇两位高级工程师解读，他们告知有这么几个层面的意思：一是从人力上，二是从技术上，三是采用多重手段，如此把所有的工程技术人员集中起来，大面积铺开，地毯式搜索，宁可找错多处，不可漏过一处，不放过任何一个可能有水的地方。

打破常规，首先要打破一些所谓的常识。

所谓人往高处走，水往低处流，这是一般常识。但是，事物总有例外，要实事求是，否则就会犯经验主义的错误。

大新县的井，有些是在山顶上打出来的，马山县的井，有些是在半山腰打出来的。

这是怎么回事？

一些地方表面上看上去是山头，其实水路中间是凹下去的锅状，不是在山头而是在"锅底"。年代久远，地质变化，即使经验丰富的老地质专家也看不出。疯狂找水法，采用多种手段，水文地质调查靠物探，加上访问当地群众。准确定下了靶区，那个看上去是山头的地方实际上是"锅底"，结果打出水来了。地形变化太大了，肉眼看到的很多是假象，碎屑岩地区漏斗太多了，没有水平、没有能力、没有特别能战斗的精神，是打不出水来的。

胡纯龙说："有些思路，该超前就超前。我从 20 世纪 80 年代开始，总结出一个经验，就是在异常点定点，这个最为关键，定点准确就能一打就中。你想想，山上挪动一个钻机，那多难啊。但再难也得上，不漏过任何一个异常点，肤浅的浮光掠影不行，必须疯狂才行。在山腰山顶这样艰难的地段工作，人是比较累的，但我们不分白天黑夜，不分山上山下，完全打乱了原来的节奏！"

笔者："有人说，你们不按常规出牌，总能收到一些意想不到的效果，让人目瞪口呆。"

胡纯龙："我们的疯狂就疯狂在这里，全部对比，全部手段，全部人员，基本上不漏任何角落。设备、钻机移动太多了，特别是在山上或山腰，那真是累得不行。你也知道，如今农村的许多壮劳力都外出打工去了，剩下妇女儿童和老人，人们称之为'386179留守部队'，没有壮劳力怎么办？好在农村的妇女有力气，有她们的帮忙，才顺利地移动了设备。就这样靠着两条腿跑上跑下，从地表看地层构造，然后决定布线，不漏掉一个角落。"

笔者："书痴者文必工，艺痴者技必良。痴迷疯狂，岁月悠长。我理解这个疯狂找水，既是一种状态，又是一种方式方法。"

胡纯龙："还有就是创新，在实践中创新。比如钻机用水，我们挖个坑循环用水，用了流回坑去，再抽上来用，旁边有水沟那是比较理想了。疯狂找水法，也包括打井，人停机不停，人轮流休息，一个班睡觉，第二个班继续工作。总而言之，实际情况千差万别，做法也千差万别，理论总是灰色的，但生命之树是常绿的。"

用这个疯狂找水法，他们在大新县雷平镇怀仁屯钻溶洞，找到了地下水源。水连在了一块，确定靶区，布点打井。

村民围着打井的钻机，眼巴巴地等着出水，如同大旱望云霓。

那几天，老村主任总蹲在钻机旁，与村民们在轰隆响的机器声音中祈祷，不时发问："打得出水吗？"

"还要打多深？"

"还要打多久？"

这口井，他和村里人寄托了全部的期待、热情和梦想。

其实，胡纯龙比他们更急切，盼着甘泉奔涌那一激动人心的幸福时刻的到来。只有他才知道，自己内心经历了多少亢奋、痛苦和挣扎。

钻机打下去，打了60米，没有水。

打到 80 米，没有水。

又往下打了 20 多米，还是不见水出来……

老村主任在钻机旁，一脸木然和颓丧，跌坐在草地上。

一些村民从希望到失望，从乐观到悲观，摇着头怏怏离去。

钻机的技术人员见状，也不由得产生了疑问，问胡纯龙："停机，还是往下打？"

"胡工，你们还打不打？"老村主任也问。

著名的哈姆雷特之问：To be, or not to be, that is the question。这句话有很多种翻译：生存，还是毁灭？这是一个问题。活着，还是死去？这是一个问题。勇敢，还是怯懦？这是一个问题。担当，还是逃避，这是一个问题。干，还是不干？这是一个问题。

此时此刻，胡纯龙的翻译是：继续，还是放弃？这是一个问题。

胡纯龙犹豫着，面临着艰难的抉择。如果这里打不出水，说明定的这个井位是错误的，那么停机就是正确的决定，可以避免在这里做过多的纠缠，不再浪费人力、物力，不再浪费时间。于是他决定先暂时停机思考这两难的情况。"先不着急。"他心里说，要看了岩心再做决定，他拿起岩心仔细查看。

现场的人们在等待，等胡纯龙发话。

老村主任在等待，这一刻他觉得 1 分钟比 10 年还长。他等不及了，望着胡纯龙的脸，希望在那上面找到答案。

他没有找到答案，胡纯龙的脸上无喜无忧。

老村主任的额头出汗了，手心也出汗了。

停机了。现场显得格外安静。

这种安静显得很沉重，令人晕眩。

出乎意料的一幕发生了。老村主任"哇"的一声，捂着脸蹲在地上号啕大哭，像个孩子一样。

钻探工人忙安慰他："为什么哭呢？莫哭啊，哭什么呢？"

老村主任捂着脸说："完了，完了！"

50多岁的村主任，人家都叫他老村主任，其实他并不老，才50多岁，由于风吹日晒，更由于缺水，他的皮肤干枯，看上去比实际年龄老10岁。

他哭什么呢？哭自己没脸见人，自己作为一个村主任没有能力解决村民吃水用水问题，辜负了村民们的信任，以后在人前再也说不上话了。农村是熟人社会，做人的成功与否，就看这个人说不说得上话，说得上话就是有面子有威望，反之则是丢面子。

他哭什么呢？他哭这个地方太惨了，县委领导都说了，这是广西最厉害的专家，他们都打不出水来，看来真的没指望了。

从钻机竖起的那一刻起，老村主任就在这里守着、盯着，恨不得吃饭睡觉都在这里，寸步不离，生怕水跑掉了似的。他是这个村屯的村民与县水利局、县国土资源局、找水打井队的联络人，甚至是参谋长。老村主任天天帮忙带人拉水施工、扛设备，盼望着甘泉早日喷涌。

"呜呜呜……完了，完了！啊——"老村主任的哭声越来越大，哭声在旷野中显得格外苍凉，还有些悲壮。一时间，大山响起回声。

"没完，还有希望！"胡纯龙分析了岩芯和地质构造条件，把老村主任拉起来，安慰说："我仔细看了岩芯，有渗水现象。"

胡纯龙给钻机工人下令："打！继续打！"

于是，老村主任的哭声停止了。停止的钻机重新响起来了。

钻机钻到101米、102米。

掉杆了！钻机掉杆50厘米，孔内漏水。

地质人的经验告诉他们，这些现象表明，在102米的位置可能出现一层含水层。这意味着下面有溶洞，意味着继续钻就会钻出水来……

随着钻机继续钻进，人们激动地高声叫喊："有水啦！有水啦！"这兴奋的叫声，盖过了轰然的钻机声和哗哗的水声。

胡纯龙指挥队员们捞渣、洗井，反复数次抽水试验。水终于抽清了，甘泉喷涌而出，单孔成井。

村民们闻讯赶来，目睹这一幕，简直不敢相信自己的眼睛。

"真的出水了啊！"

前来参观甘泉喷涌的人们，一群又一群，一拨又一拨，节日都没有这么热闹。

老人们欢呼着，像孩子一样。大嫂大妈们来挑水洗菜、洗衣服，欢欢喜喜像大姑娘。从此，村民再也不用受那缺水之苦，再也不用喝那浑浊的泥巴水了……

村里人望着队员们，望着甘泉，开心地笑了。

地质队员们钻溶洞、爬天窗，日夜辛劳，夙兴夜寐，此时此刻所有的艰难，都被涌出的甘泉冲走了。

队员们的名字和事迹，被编成山歌传唱和颂扬。

一个老奶奶挂着拐杖来到井边，嘴巴笑得合不拢，捧着喷涌出来的水就喝啊，喝啊，像是要把几辈子的水一下喝够。

村民们把鸡蛋、猪肉和鸡鸭肉都拿出来，死活要招待地质队员，那么贫困的地区，这些都是过年才能吃得到的，地质队员们婉言谢绝，不料老村主任老泪纵横，跪了下来，行起大礼：

"谢谢了，谢谢了，不成敬意啊！我们几代人做梦都没有想到有这么多、这么清的水，你们真的厉害！一定要吃餐饭，喝杯酒啊！！"

几十天，打井队一路走来，雷平镇副镇长一路陪着，为打井队提供服务，要劳力给劳力，要材料给材料，要协调帮协调，有时还派人送饭送水到工地。

副镇长有些过意不去地说："你们这些工程师、技术员，忙了几十天，太辛苦了，技术员小蒋为了抗旱救灾，他的个人问题都被耽误了。"

副镇长说的"个人问题"，就是婚恋大事。

小蒋的个人问题是怎样被耽误的？在这应急抗旱非常时期，小蒋完全没有时间搭理女朋友，女朋友急，女朋友家里更急。但是再急也只是个人私事，只能舍小家顾大家，小急让大急了。他女朋友不理解，一气之下跟他分手了。分手了还不算完，还撂下一句狠话："有女不嫁地质郎！"

胡纯龙大手一摆说："是他的跑不了，不是他的，也勉强不来，对象吹了不要紧，小蒋这么好的技术员，一般的还配不上他呢。天涯何处无芳草，他看上哪个，或者哪个看上他，如果不好意思开口，我们来牵线搭桥。"

众人皆笑。

笑声化解了多少眼前的尴尬和过往的艰辛。

抗旱救灾找水打井的 50 天里，多少汗水，多少柔情，多少眼泪，如今都化作良辰美景，随着甘泉骤然而至。

大新县离南宁市只有 2 个多小时的车程，但胡纯龙和队员们顾不上回家，不是不想家，而是旱情紧急，不能回家。他们对家里的亲人怀有深深的歉疚。

胡纯龙 86 岁高龄的岳父患有重病，家人几次来电话催促他回去，但他实在走不开，只好让妻子一个人照顾。

有一位年轻的工程师，他家里有急事，妻子数次电话催他赶回去，无果。这位工程师的妻子只好打电话问胡纯龙："我家里有急事，你为什么不给我老公回家？"

胡纯龙回答："我老婆的老公也和你的老公一样，家里也有急事，没有办法啊，抗旱打井情况紧急走不开，天天加班加点忙不过来，这是惠及民生的政治任务，真的对不起啊，希望你理解，也希望你谅解。"

抗旱找水，胡纯龙有许多新招，如小单元带状找水法。他根据广西旱区村屯人口少，用水量不大的情况，一反以往在地下水源主干上打水井的传统方法，而是在各干旱村屯寻找支流，在支流上找水打井，大大提高了成功率。

运用小单元带状找水法在高山干旱地区找水打井，成功率高达83%，处于国内大面积岩溶地区找水的领先水平。

胡纯龙对笔者说："小单元带状找水法，其实就是因地制宜，支流主要分布在高山地区。抗旱救灾像打仗，在山地作战，大兵团的机械化部队不如灵活机动的游击队。"

牛往前拱，鸡往后刨，各使各的劲，各显各的能。电影《地道战》中，民兵队长高传宝说得好："要说地道啊，各村有各村的高招。"

运用这些方法，广西地矿建设工程有限公司在大新县抗旱找水打井中创下了50天打出34口水井的不凡业绩。

胡纯龙后来带领队员们在百色市右江区、田东、田阳等高山干旱地区创造了多个找水佳绩。

胡纯龙带领下的广西地矿建设工程有限公司找水打井队伍，招之即来，来之能战，战之能胜，从原来的增援队伍，变成了主力队伍。

胡纯龙也收获了诸多荣誉：广西五一劳动奖章、广西抗旱救灾工作记个人一等功、西南五省抗旱救灾作出突出贡献的先进个人、国土资源系统西南抗旱找水打井先进个人、广西国土资源系统先进个人……

他面对着这一身光环，淡然一笑说："这些都是过去的事，其实是集体的功劳。"

如烟往事俱忘却。如今，陪伴胡纯龙的最心爱之物，依然还是地质人的传统三大件——罗盘、地质锤和放大镜。这三大件，除了实用价值之外，在胡纯龙的眼里，还有诸多象征意义。

罗盘对应天、地、人三者的关系。宇宙有时间和空间,包含万事万物,生生不息。大而言之,罗盘象征着宇宙,这便是一个老地质工作者博大的胸襟。带着罗盘,走到哪里都不会迷失方向,使他坚定地迈向既定的目标。

地质锤象征着攻坚克难、开拓创新的精神。敲敲打打中,地质锤写下了地质生涯的创造和奋斗史。

放大镜象征着观察入微,注重细节,鉴别真伪,还可以开阔眼界。有了放大镜,可从一粒沙中看世界,半瓣花上见真情。

7 天打出救命井

望山隔着千层岭，

盼雨隔着万里云，

几天打出救命水，

赛过南海观世音。

——靖西山歌

抗旱救灾，地质人的战斗生活像诗篇。

靖西，气候宜人，四季如春，风景秀丽，号称"小昆明"，又称"小桂林"。这些称号，多少有些夸张，它的真实面貌是中越边境的一个小城市。

广西第四地质队，在靖西敲响了应急抗旱的开场锣鼓，创造出 7 天打出一口井的奇迹。

笔者采访广西第四地质队高级工程师贤世荣，他说："抗旱找水紧急会议，是在一个小会议室举行的，我们四队也参加了，局长亲自主持。中午 12 点通知，下午 3 点开会，有些远的队伍一时赶不上。现场会议，段建宝副局长也在，他拿着 1∶200000 的水文地质图和我们一起分析，为下一步的抗旱找水打井做准备。"

"你们是什么时候赶到那里的，当时的旱情怎么样？"

"我们负责百色市靖西、平果、右江区的找水。2010 年 3 月 20 日，6 名工程师就先去做地质调查了。其他人准备好设备 3 月 21 日出发，到达靖西龙临镇巴意村是 22 日天亮之前。巴意村共有 10 个屯 2530 多人，有 4 个屯 820 人需要政府送水，6 个屯有 1700 多人要靠巴意屯的旧机井供水。巴意村人畜饮水不是告急，而是没有水了。"

找水，最重要的就是用心投入，力图把水源调查做深、做细、做透、做全。

靖西龙临镇。灰褐色的山峦像一条巨龙盘踞着，乱石间、草地上，一片枯黄。村头零零星星的水柜，成了聋子的耳朵——摆设。

当地人说，离村不远的一个山洞里有条地下河，在他们的记忆中，这条地下河一直是有水的，从未干涸过。

6 名工程师在当地调查，发现村民的说法与原来掌握的水文资料大相径庭。资料显示，那里的地下水原来就比较浅，但如今却没有水了。

他们到现场一看，水量连小沟的都不如，连续干旱水位下降，人可以直接走过去。

地质勘查，无非是查明地下的岩土层结构，搞清楚到底是岩是土还是水，是硬是软还是松。地下的岩土层结构如一个家庭，地质人要查明岩石、泥土和水在大地这个家庭谱系中相处是否和睦，关系是否和谐，是否有矛盾冲突，有没有土中夹岩，有没有岩中夹土，有没有含水层，水的质量、数量如何等。

苏荣坤告诉笔者："刚开始第一天，我们在村干部的带领下，覃学友总工程师进去勘查了溶洞，进行水文地质调查。在村子周边钻了几个溶洞勘查，结果均大失所望。"

龙临镇巴意村属于碎屑岩地区，这里的裂隙孔隙水主要分布在向斜两翼。含水层主要为泥岩互层，砂岩为透水层，泥岩为相对隔水层，具有向斜自流盆地储水构造特征，多数承压，少数自流。

广西第四地质队有老专家带小青年、师傅带徒弟的传统，过去专门组织培训，不仅讲解地形地貌、微地貌等理论，还传授实践经验，如何因地制宜、如何判断、如何定位等，很是具体。

广西第四地质队找水为什么厉害？

贤世荣的助手林政华说："有贤世荣等老专家像老中医一样传帮带，遇到疑难杂症，他们手把手教我们。一些地方已经被认为不可能找出水来，因为勘查时已经像大扫除一样扫了一轮，我们在那坡县打了 10 口井，在马山县成井 25 口，这些地方可都被认为是找水的禁区。云贵高原山路边缘地带，山高、沟深、坡陡、海拔高、地质复杂，区域性的地下水埋藏深。老专家带着我们，运用微地貌找水法，两个地下系统分水岭刚好有个局部蓄水构造。那坡县山高，隔水层在山中，存在蓄水的孔隙，上面是石灰岩，下面有灰绿岩，形成局部阻水构造，像锅底一样，刚好有局部蓄水构造，所蓄的水够村屯使用。通过蓄水构造找水，在高海拔地区是一个很好的思路，没有溶洞也能打出水来。岩溶区管状水、脉状水、裂隙水，具备蓄水能力，时效长，降雨时有补给，但管状水不利于长期开采，所以岩溶大石山区夏季到处有水，可是水来得快去得也快，一到旱季水就跑光了，枯水季节干旱，丰水季节涝灾。只有找到区域构造、深层地下水，才能彻底解决用水问题。我们通过分析区域性的构造，从深层取水。"

贤世荣说："我们前期对当地地质情况有了深入的了解，发现碎屑岩地区有植被。碎屑岩地区水文地质特征与岩溶区有一个明显区别，就是降雨地表径流系数大，渗入量小，地下水降雨补给量小，分布分散，但细水长流，径流量季节变化平缓，没有突变特征。受应力及风化因素影响，碎屑岩裂隙靠近地表发育得较好，越往深处裂隙越小越闭合。因此，碎屑岩区地下水埋深一般较浅。地下水储存在岩石裂隙及断裂中，除水平流动外，也沿裂隙蒸发。在地下水相对富集地段，裂隙相对较发育，地下水蒸发活动相对较强，为地表植被带来更多的水分和营养，地表植被因此生长得更为茂盛。野外寻找地下水，除了地质条件，地表植被枯荣也是判别地下水贫富的一个重要标志。我们事前查阅了大量气象资料，对降水、蒸发情况了然于胸。"

广西第四地质队副总工程师廖剑霖说："早在1997年，广西地质调查研究院（现广西地质调查院）成立后，随即开展了1∶50000基础性公益性的水文地质调查工作。调查成果资料无偿提供给打井单位使用。关键时候发挥了极大的作用。"

地质工作就是这般美妙，用心时得到的不仅仅是"地质"，更会得到非常有"质地"的收获。

靖西县国土资源局（现靖西市自然资源局）接到广西第四地质队要从南宁过来的通知，盼着与他们对接，可左等右等不见人，急忙打电话联系，这才得知那6名工程师已经到了靖西，钻机也已到了龙临镇巴意村的勘查现场。

"哎呀，我们都备好餐了，你们怎么饭也不吃啊？"

"任务十万火急，哪有空闲和心情吃饭？"地质队的技术人员解释道。他们心里想，吃饭不得耽误功夫？

巴意村处在碎屑岩地区，从地质结构来说属于小构造。碎屑岩是机械破碎的岩石残余物，经过搬运、沉积、压实、胶结，最后形成的新岩石，又称陆源碎屑岩。碎屑岩中碎屑含量达50％以上，碎屑颗粒大小可分为砾岩、砂岩、粉砂岩等。这个地方的碎屑岩和岩溶间有个接触带。

野外打井这个活儿不简单。要先确定缺水村屯是否通路可以运送大型打井设备，是否通电可以抽水，再用仪器进行水文地质物理探测，估算打井点地下水的可采储量，最后钻探。

打井点确定下来了。

根据广西地矿局领导"用最好的打井设备、以最快的速度、最强的工程人员、最精干的技术队伍，打出水来"的指令，广西第四地质队把最强的技术力量集结到了巴意屯。队里紧急调用了在大新县下雷锰矿区探矿的CS14钻机。该钻机价值500多万元，是广西当时最先进的钻探设备。这台钻机先进在哪里？李超平机长介绍："它采用绳索取芯工艺，可一钻到底，不用停钻。"

梁官华副队长组织钻机，连夜进场。李超平队长和11名钻探队员围着钻机三班倒，人停机不停，24小时开机钻探。

岩芯一段段被钻出来。

钻出来的岩芯，队员们像摆放鸡蛋一样，小心伺候，仔细观察，期待有所发现。5米，干的；10米，又是干的；20米，还是干的……钻到26米，黑暗中终于出现了一线光明，发现微弱的含水层。

接着打，打到38米，又打到56米，查看岩芯，有含水层。接着是76米、80米，再查看岩芯，陆续又钻到了含水层。有希望啊，队员兴奋起来。

白天打井，时间好过。一到夜晚，钻机打井咣当咣当地在山间巨响，山间的夜晚特别空寂，飞鸟的孤影偶尔从头顶掠过。一弯残月，几点星光，陪伴着他们。

但心中，却是那么明亮。

他们期待着，期待着第二天清晨从山腰升起的那一轮朝阳，期待着甘泉从地下喷涌而出。

就这样，3月22日开工打井，一直持续到26日。村民们看到他们吃饭很简单，食物就是自己带着的干粮、面包和水，很是过意不去，就拉他们到家里吃饭。但打井人有原则，在没有打出水之前是绝对不能吃人家一口饭的。

村民们说："你们不吃好，怎么能干活呢？"

他们做好饭菜，送到工地现场。钻机队员却之不恭，就给他们饭菜钱，但是村民们死活不收。

"不收不行，这是我们的规矩。实在不收，我们就不吃了。"钻机人员"威胁"道。

话已经说到这个份上，村民只好收了饭菜钱。

吃饭不误打井，钻机依然轰然响着。

岩芯的含水层越来越丰富。

钻到86米时，最终肯定可以钻到较充足的水源了。可是，钻头口径仅有80毫米，要扩到170毫米筑下一层护壁管，如此抽水，井才不会塌。

于是，扩井材料火速从靖西城区运来。

3月29日下午，靖西龙临镇巴意村巴意屯上百村民聚集在机井前，盼望着期待已久的甘泉。

水位打到100多米，井深100米，出水段小裂缝出水。

3点多，哗啦——地下水奔涌而出，浸润着干涸的土地，滋润着人们的心田。

李超平队长看看手表，时针指向3，分针指向12。

这是一个历史性的时刻。历史记住了这个时刻。这是广西地矿局应急抗旱8支找水打井队打出的第一口应急水井。

广西第四地质队的工程师和打井队员们，顾不得擦去满手的污泥，相互击掌庆贺，他们知道这次打井出水的意义。但这一刻，他们感到了莫大的震撼和前所未有的庄严。

广西第四地质队，5天的时间，完成了以往20天的工作量，开工不到2天就完成了钻深86米。7天打出救命井，速度之快，效率之高，打破了广西找水打井的历史记录。

这是赴百色、河池等旱区日夜找水的8支打井队，掘出的第一口应急水井。

"出水了！出水了！"人们情不自禁地跳起来，振臂欢呼。

当地人都来打水、接水、喝水、用水，有的挑着桶，有的端着盆，有的老奶奶捧着水就喝，然后咧开没有几颗牙齿的嘴笑了起来，有的年轻人脱下衣服任清流冲洗……

奔涌的甘泉旁边，有的人哭了，有的人笑了，有的人站在那里愣住了，有的人围着钻机狂跑。哭的笑的和愣住的人们，脸上都淌着水，也不知是泪水还是泉水。

哭、笑、愣和狂跑都是因为狂喜。

狂喜，因为梦想。

一个村庄的梦想，几代人的梦想，今天终于实现了！

"巴意村出水啦！"队长掏出手机，第一时间把这个消息告知了局领导。

"太好啦，祝贺你们！"局里的领导和同志们得到了消息，按捺不住激动之情："你们不辱使命，为旱区群众找到了救命水。"

广西地矿局办公室里，众人长长舒了一口气，纷纷以茶代酒，举杯庆贺。

2010年4月1日，《广西日报》以"巴意7天打出一口井！打井队赴旱区找水掘出首口应急水井"为题，登载喜讯。

"巴意村出水了！"

消息像长了翅膀的天使，飞向各支队伍，飞向各地旱区。

"巴意村出水了！"

旱区的群众，引颈相望，仿佛见到自己的村庄打井出水的样子："快了，我们这里也快了！"

　　树叶懂得大树的艰辛，所以愿意飘落。白云知道蓝天的包容，所以四处游走。找水打井地质人知道旱区群众的苦楚，所以愿意付出所有的心血和汗水。地下的甘泉，体谅地质人的付出，不忍旱区群众继续痛苦，所以破土石而出，汩汩奔流……

　　救命的甘泉，出水量大、水质好，且水质不易受周围环境影响。每小时出水量为 3 立方米。这口井每天可抽 40 立方米左右，足够一个村应急使用。

　　好的开端，是成功的一半。

　　广西第四地质队的队员们，收拾设备，背起行囊，发动汽车，又出发了。他们继续加大找水力度，为旱区群众寻找更多新水源。

　　汽车载着设备，载着下一站的任务，载着旱区人们的盼望开走了，只留下道烟。

　　不一会儿，这道烟消散在山峦间，渐渐地无影无踪。

时间在水之上

山上竹子青又青，

打井哥哥好辛勤，

打出甘泉汩汩流，

喝口甘泉甜透心。

——广西山歌

【相关链接】

广西新闻网南宁讯　2010年5月12日，在抗旱找水打井工作接近尾声之时，广西二七二地质队抗旱救灾找水突击队在蒲庙镇向当地政府移交了广良村平那坡、张村柳里坡、良勇村那贵坡3口抗旱水井。至此，广西壮族自治区地质矿产勘查开发局8支抗旱找水打井队已在27个干旱县区成功打井148口，预计在打井收尾阶段工作结束后，将移交水井超过160口。

在蒲庙镇广良村平那坡水井移交现场，广西二七二地质队总工程师闫清武介绍说，广西二七二地质队抗旱救灾找水突击队在干旱重灾区邕宁区蒲庙镇广良村平那坡成功打出70米深的水井，日出水量达288立方米，可解决平那坡400多人及牲畜的饮水困难。

据了解，广西壮族自治区地质矿产勘查开发局在应急找水期间，根据自治区政府抗旱找水工作的指示精神制定了打100口地下水井的任务，后期的广西大石山区人畜饮水工程建设大会战，将完成381口地下水井任务，举全局之力实现自治区提出的"解决饮水困难人口120万人以上，恢复改善新增耕地有效灌溉面积150万亩以上"目标。

水，埋在地底下，在石头的缝隙中，在光阴流转中，不声不响，卑微地隐藏着，仿佛那些被遗忘的时光。

广西二七二地质队应急找水工作队共分3个小组，分工如下。

队长徐初来，副队长闫清武总工程师。闫清武、李云工程师负责南宁市邕宁区，广西二七二地质队地质勘查所所长姜明强、工程师韦鸿飞负责南宁市西乡塘区，队长助理马富安、副总工程师廖世兴负责崇左市江州区。

南宁市邕宁区蒲庙镇良勇村那贵坡是丘陵地貌，地层是第三系泥质岩与白垩纪系粉砂岩，水文地质条件差，诸多打井队曾在此打过9个干孔。

徐初来队长说："只要有一线希望，我们就要百倍努力，不仅要抓进度，赶时间，更要讲究钻机技术方法，提高成井出水率，尽可能又快又准地确定打井钻探点位，争取早日解决群众的饮水问题！"

3个小组迅速展开工作，如同侦察兵一样，查阅地质资料，现场勘查分析数据，探测水源，确定靶区。

2010年3月25日。邕宁区蒲庙镇良勇村，闫清武总工程师调遣物探设备开始物探作业。28日，确定打井点。29日，钻机运到现场。

4月1日，广西二七二地质队从重庆购买了一套价值25万元的WDA-1超级数字直流电法仪器。该设备中装有配套的固定电池，按照航空规定，发运货物中含有这样的电池，需要提前在发运前申请安全运输鉴定，等拿到鉴定证书后才能进行交运。如此一来，就会耽误时间。广西二七二地质队及时跟中国南方航空集团说明情况，对方一听说是广西应急抗旱的设备，十万火急，就破例简化检测办理手续，开绿灯放行。设备当晚及时空运至南宁。

4月2日，崇左市江州区。物探技术人员及时调试WDA-1超级数字直流电法仪器，火速运到现场，开展物探。

4月2日，西乡塘区。干旱严重的双定镇义平村上坡屯、下坡屯，坛洛镇东佳村那培屯、那江屯，经地质调查，定好靶区，钻机到位。

4月5日是中国传统的节日——清明节。这个节日已有2000多年的历史，是中国人最重要的祭祖和扫墓的日子，是一年一度对逝去的亲人和祖先表达敬意的传统节日。礼赞生命，慎终追远。清明节体现了中华民族生生不息的文化血脉，与生命同在，与天地同春。

清明前后，春光明媚，草木吐绿，正是人们春游踏青的好时节。清明节是我国法定的假日，在这一天扫墓，两广的人们俗称"拜山"。清明节放假期间，人们都忙着拜山。

可是，广西二七二地质队没有放假，他们负责崇左市60多个旱点、南宁市邕宁区和西乡塘区100多个旱点的应急抗旱找水任务，队员们重任在肩，依旧坚持在一线战斗。既然这是一场没有硝烟的战争，那么战争具有连续性，更强调快节奏，早一天打出水来，就能早一天赢得这场战争的胜利，早一天解除灾区人民的痛苦。

关键时刻，时间就是胜利。

不仅是广西二七二地质队，广西地矿局8支找水打井队伍，没有一个人回去，都在旱区争分夺秒找水，他们没有拜山，而是"拜水"。

清明时节，人们忙着踏青。此时此刻，8支找水打井队伍却在旱区的野外勘查，俯仰皆凄凉，满眼尽枯黄，无法踏青，只能"踏黄"。

他们委托自己的家人在先人的墓地坟头烧上一炷香，祭奠先人。把对先人的怀念，深深埋在心中。

4月3日，清明节小长假的第一天，广西二七二地质队队长徐初来、党委书记廖长佳、工会负责人毛明江来到邕宁区钻探施工现场，看望战斗在一线的队员们。

这些日子，无论是广西地矿局的领导，还是地质队的领导，都牵挂着出征前线的将士，牵挂他们是否安好，期望早日传来捷报。整个机关里，所有的事情都围绕着应急抗旱工作转动，所有人的头脑只受一种信息的控制——灾区的干涸和队伍的力量。他们的眼里，他们的梦里，都是水，水，水！

徐初来说："大家辛苦了，节日里不能回家，我们今天的苦，是为了旱区群众今后不再苦。这次战斗，只能成功，不能失败，必须全力以赴，没有退路。我们要争分夺秒，发挥地质队伍的'三光荣''四特别'的精神。灾区人民在看着我们，局领导在看着我们，我们决不辜负他们的信任！"

打赢这场战争靠什么？靠能打硬仗的队伍，靠先进的设备，更要靠军心和士气。这种力量无坚不摧。

队员们睡在帐篷里，吃在工地上，钻机轰隆隆的声响，一刻也不停息。田野里没有迎春花开放，心中却有着憧憬，那就是早日抚平灾区人民的创伤。这场战斗，并不显赫一时，却承载着许多人的希望。工地的灯火，如同夜航的灯塔，如同高举的红烛，照亮了青春时光。

钻机隆隆，激越，雄浑，嘹亮。

物探设备和钻机不够用，特别是那台威力无比的"新式武器"WDA-1超级数字直流电法仪，你急着用，我也急着用，如同十二月天的短被窝，盖得头来盖不了脚，如此一来很容易造成窝工。为争取时间，闫清武总工程师连夜调配，统筹兼顾，把每个施工环节及时连接起来。

兵贵神速。抢速度，与时间赛跑。

闫清武总工程师起早贪黑，每天天蒙蒙亮，他就爬起来，带着干粮，自己驱车到各个工地检查、部署。迎来日出送走晚霞，忙完一天已是晚上

7点多，吃饭都不知道是什么滋味。没有水洗澡，就耐着一身臭汗。夜里，他还要审核队里的专业报告。不知不觉，鸡叫头遍了。赶紧睡去，可脑子里没有闲着，想着第二天的事情。打个盹的工夫，天边已现出鱼肚白。

古稀之年的工程师廖世兴、物探工程师李云、水文地质工程师韦鸿飞等人，坚持与技术人员一起野外踏勘，翻山越岭，寻找水源。

连日劳累，加上休息不好，广西地质勘查总院院长姜明强累病了，发起高烧，同志们都劝他歇息一下，他笑着说"轻伤不下火线"，坚持与大家一起战斗。

邕宁区蒲庙镇良勇村那贵坡水文地质条件极差，当地曾经打出7个干孔，大地伤痕累累。时任南宁市委副书记刘长林到那贵坡慰问广西二七二地质队，给他们打气加油。

经验丰富的物探队伍起了作用，他们连续作战，反复勘查，分析异常，终于定下了打井点。

2010年4月6日，邕宁区蒲庙镇良勇村那贵坡打井出水了。

每小时出水量5立方米。虽然出水量不算大，但是意义非同小可，这是广西二七二地质队找水打井小组打出的第一口井。地质队下血本急购的WDA-I超级数字直流电法仪，关键时刻发挥了作用，反复探测，做了4个剖面，进行了上千米的物探和测绘。

皇天不负苦心人。最终，他们找到了水源，确定了打井位置。

钻机进场。开钻。

老天开眼，竟然下起了细雨。虽然雨小，但是聊胜于无，稍稍缓解了旱情。但麻烦也来了，下雨干扰了施工，现场道路泥泞，泥巴烂得简直可以插秧了，人滑倒也就算了，钻机打滑，操作起来比平时费劲多了。

简易工棚里，帐篷潮湿，床上都发霉了，长出白毛来。蚊虫咬，虫子爬，叮得人又痛又痒，睡觉都不安稳。一些叫不出名字的毛毛虫、像鼻涕一样的虫子在地上爬，还有贼眼闪亮、窜来窜去的老鼠，白天见了恶心，半夜见了瘆得慌。

俗话说，回南天，人发癫。身上穿着半干不湿的工作服，脱也不是，穿也不是。穿多了出汗感冒，穿少了受凉也感冒。身上湿了干，干了湿。怎么湿的，汗湿的；怎么干的，体温烤干的。身子腻腻乎乎的，不知有多别扭。

这是队员们的穿和住。

吃就更不用说了，经常是包子、馒头、方便面，常常是三餐并作两餐吃。当地人拉他们去吃饭喝酒，他们一律谢绝，不占用灾区人民的一滴水、一粒粮。地质人告知村民，他们有纪律，打不出水来，绝对不吃老百姓的一顿饭。

既然是战斗，哪里还管这些？开钻，钻，钻，钻，不停地钻。

清晨，钻机声打破沉寂。

深夜，钻机声响彻夜空。

4月21日，钻到19米深处，队员们观察岩芯，有水。继续钻下去，出水了！广西二七二地质队在崇左市江州区那隆镇那印村那印屯打出了第二口井，日出水量32立方米。

大喜事啊！那印屯上千名村民再也不用受那干旱之苦，吃水用水的老大难问题解决了，庄稼地里的农作物也有充足的水源灌溉了。

大喜事啊！多少个不眠之夜，多少个日出日落、风起云涌，地质人的心血汗水今日终于随心所愿，化作甘泉。

4月23日下午3点半，那印屯沸腾了。广西二七二地质队与那隆镇那印屯水井交接仪式正式开始。

交接现场悬挂着"为群众找水打井应急抗旱保民生"的红色横幅，村民们给地质队员们戴上的大红花，在阳光下格外耀眼。

"现在，请广西壮族自治区地质矿产勘查开发局领导和村主任共同启动爱心井！"

随着主持人的一声高喊，整个仪式的高潮一幕来到了。时任广西地矿局副局长段建宝与那印村主任在鞭炮声中走向爱心井，共同打开了井盖。

说时迟那时快，甘泉喷涌，像一条白龙冲天而起，霎时间，哗哗的流水声、掌声、欢呼声、鞭炮声，构成一曲瑰丽的田野交响曲……

就在同一天，这边庆祝打井成功，那边广西二七二地质队5台钻机加班加点没日没夜同时开钻，除了那印屯1台，另外4台钻机的打井点分别是南宁市邕宁区蒲庙镇张村柳里坡、西乡塘区坛洛镇东佳村那江屯，崇左市江州区太平镇宜村陇乌屯、宜村雁楼屯。

钻机隆隆，进展神速。

各处打井点频频传来喜讯。

5月5日，南宁市西乡塘区坛洛镇东佳村那江屯打井出水，日出水量达100立方米。从此，那江屯670多人饮水不愁。

5月9日，邕宁区蒲庙镇广良村平那坡钻井钻到70米出水，日出水量约288立方米。

5月12日，邕宁区蒲庙镇张村柳里坡打出水井，日出水量达192立方米。

5月20日，广西二七二地质队与南宁市西乡塘区坛洛镇举行供水井交接仪式。广西二七二地质队党委书记廖长佳、广西二七二地质队地质勘查所所长姜明强、工程师韦鸿飞驱车赶往坛洛镇富庶村新他屯、东佳村那江屯打井点参加交接仪式。原南宁市国土资源局、西乡塘区农林水利局、原南宁市国土资源局西乡塘分局、西乡塘区人民政府、坛洛镇人民政府等有关领导出席仪式。

仪式上，村民代表给广西二七二地质队送上锦旗。

新他屯村主任向广西二七二地质队致谢："你们队技术真是厉害，以前我们屯请人来打井，怎么也打不出水，你们一打就出水，真是不知道该怎么感谢你们啊，我们世世代代吃水不会忘记你们这些打井人！"

此次应急抗旱，领导身先士卒，靠前指挥，与前线工程技术人员和工人们同吃同住，以工地为家，忘我工作，组织得力，行动迅猛，硕果累累。

广西二七二地质队跑在了时间的前面。时间是什么？时间就像一把尺子，衡量奋斗者奔跑前进的里程。时间就像一根鞭子，鞭策着地质人像陀螺一样不停地旋转。时间就是奔涌的清泉，冲刷身心的疲惫，洗涤心灵的污垢，灌溉田地里的庄稼，造福无数的村民。

时间可以造就一切。

水在时间之下。

水之咏叹调

天地大美不作声，

水利万物也不争。

人若张扬事不顺，

要学静水潜流深。

——广西山歌

水的胸怀博大，容纳百川。

水滋润万物，自甘处下。

水是柔顺的，至柔莫若水。水是暴烈的，如洪水猛兽。

水是随和的，遇高温烈火则激情沸腾，遇低温严寒则集结成冰；合则大流，散则水滴；随物赋形，行于当行，止于不可不止。

水是有力的，水滴石穿，深能末顶。

水是勇敢的，飞瀑从高山悬崖上跃下，捣碎顽石。

水是跌不死摔不死累不死的，它们一路汇集成小溪、小河、江湖、海洋。

水具大势。它们被后面的同伴推着赶着，不知疲倦地向前奔流，忽而在石间穿行，忽而从高峰跃下，忽而于低谷徘徊；阳光照耀其笑滟，月影映衬其妩媚，暴雨打出豪情，细雨洒出温润。随着水流的汇集，流量越来越大，冲击力也越来越强，这股力量切割着地表，把岩石冲刷侵蚀分割成一个个山谷，一个个悬崖峭壁，一个个河滩，一片片奇异的风景。

于是，广西便有了漓江风景、环江风光这些喀斯特地貌的世界自然遗产，便有了月亮山、穿山洞等种种地球上的奇观。

原来，水就是雕塑大师。

水日夜奔流，造就了沿途的风景。山是大石头，石头是小山。水流雕塑的那些音符般高高低低、大大小小的石头，可以说就是一座座小山。水石之间，激起浪花，少则叮咚作乐，多则呐喊咆哮，有节奏有韵律，构成一曲和谐的奏鸣曲。

形而上者谓之道，形而下者谓之器。看似柔弱的水，雕塑了坚硬的石头，是道与器的结合体。

哦，大道似水。沉下来，静下来，细细品读漓江这条黄金水道的源头之水，有无穷的感悟。

人啊，谦卑得像这源头之水时，就变得伟大了。

水往低处流，千回百折，生命不息，奔流不息，汇成江河奔赴大海。

水滋养万物而不与万物相争，有功于万物而又甘心屈尊于万物之下。"夫唯不争，故天下莫能与之争。""水善利万物而不争，处众人之所恶，故几于道。""江海之所以能为百谷王者，以其善下之，故能为百谷王。"

《道德经》曰："上善若水。"

人啊，柔善得像源头之水时，就变得刚强了。

世上再锋利的刀刃，能斩断水流吗？而水流却能斩断刀，"天下第一水刀"超高压水切割机喷射出来的超高压水流，可以切割世上最强硬的钢板。

人啊，单纯得像甘泉之水时，就变得聪慧了。

时光如流水，一去永不回。厚爱时光的人，时光会厚爱他；珍惜时光的人，时光会珍惜他；抛弃时光的人，时光也会抛弃他。

做人当如甘泉水，做事当如昆仑山。

源头之水，一路奔流，随物赋形。它走到桂林时，便是"千峰环野立，一水抱城流"，便是"江作青罗带，山如碧玉簪"。水升温则化为气体，聚于低空为雾为岚，便有了朦胧的烟雨奇景；水升空成云，凝结下落为雨，便有了人间甘霖；水借助太阳，便有了彩虹；水借助月光，便有了梦幻江河……

高山流水是知音，行云流水为妙境。

甘泉流过的地方，便是山村群众最期待的风景；甘泉流过的地方，便是欢声笑语、春风绿岸、山歌高亢；甘泉流过的地方，便是水清鱼读月，湖静鸟谈天；甘泉流过的地方，满载着人们绵长而深沉的情感，流淌向远方……

水，充满了诱人的生命律动和节奏，饱含着与宇宙同步的创生情怀。水，净化了世界，和宇宙一样永恒。波涛汹涌，浪卷飞雪，融汇在勃发的生命之中。水是一种生命的自由状态，一种天然境界，一种永恒的循环与回归。

水能屈能伸，顺其自然。若遇棱角磐石，可把磐石棱角磨平，若遇到坚固顽石，可水滴石穿。水能如此，一是重力，二是时间长久，三是目标始终如一。

水容纳万物。水净化万物，然后慢慢净化自己。

水化成气，气看似无形，但若聚集在一起形成聚合力，就会变得力大无穷，动力无限。

人生如水，如水人生。水有顺流，也有逆流，人生有欢乐与痛苦、聚首与分离、跌宕与起伏、高潮与低谷。

九曲十八弯，笑对坎坷，蜿蜒前行。蹚过青山白云，卷起命运的旋涡。

水因至纯而莹洁，岁月因沉淀而芳馨，生命因奉献而精彩。

水，不忘初心，砥砺前行，一直奔向既定的目标——大海。

第四章　决战大石山

【相关链接】

　　广西壮族自治区地质矿产勘查开发局集中人力、物力、财力，分别在河池、百色、南宁、崇左等4市30个县（区）开展广西大石山区人畜饮水工程建设大会战。会战决定用2年时间解决大石山区人畜饮水困难问题，实现"有水存得住，旱时用得上"的目标，解决饮水困难人口120万以上，恢复改善新增耕地有效灌溉面积10万公顷以上。

　　（黄玉冰《让村民早一天喝上水——广西水文地质工程地质队支援田林县抗旱找水打井小记》）

大会战动员令

高山竹子节节高，

做成笛子做排箫。

我吹排箫你吹笛，

十天还在空中飘。

——广西山歌

应急抗旱找水打井战役结束了，感叹号的后面依然还是省略号，没有句号。

按下葫芦浮起瓢。灾害接连降临，古人往往用"屋漏偏逢连夜雨"来形容，广西的百色、河池等地却是干旱又遇"赤日炎"。

2010年，春季应急抗旱找水打井战役刚刚结束，主汛期却没有迎来雨水，百色市再次遭遇持续干旱少雨的灾害天气。据相关部门提供的数据，百色市平均降水量仅为54毫米，受灾最严重的田林、隆林、西林3个县月均降水量不足10毫米。

田地龟裂，蓄水池干涸，庄稼枯萎。村民全身脏兮兮的，没水洗澡洗衣服。

水资源匮乏，牛羊等牲畜没有水喝，奄奄一息。村民们被迫贱卖、宰杀牲畜。

地处大石山区和部分碎屑岩地区的百色市"四县一区",即田林县、隆林县、西林县、乐业县和右江区,人畜饮用水告急。

村屯的男女老少起早贪黑,最重要的事情,就是守着村中的一口泥浆水井打水,通常等上一两个小时,水井才出一瓢水。

大石山区人畜饮水工程建设大会战,广西地矿局的任务仍艰巨。广西有60个县(市、区)约2704个200人以上的村屯人畜饮水困难,逾113万群众缺水。

2010年4月15日上午9时50分,广西大石山区人畜饮水工程建设大会战启动仪式在河池市都安瑶族自治县举行。

把大会战的启动仪式安排在都安,颇有象征意义。

都安是泉水女神密洛陀的故乡,也是密洛陀文化发源地。

密洛陀是布努瑶的交际语词。密,意为母亲,洛陀,意为古老。密洛陀即古老的母亲。

密洛陀被布努瑶民尊称为人类的创世之母,她神通广大,掘泉水、射太阳、杀老虎,建立了不朽的功勋。历史久远的流变中,密洛陀早已人名化,专指古代造万物的泉水女神。

都安是广西4个极度贫困县之一,是"九分石头一分土"的"石山王国",石漠化严重,极度缺水,"老、少、边、山、穷"都占全了。启动仪式实质是大会战的动员会,啃下都安这块偏远、自然条件恶劣的"硬骨头",势在必行。

都安人民不向命运屈服,喊出响彻全国的"雄心征服千层岭,壮志压倒万重山"的雄壮口号,向大石山要土地,曾在20世纪60年代,上演了一场轰轰烈烈的大戏。

吹军号,擂战鼓,军威震八方。

4月15日,总投资23.58亿元的广西大石山区人畜饮水工程建设大会战在广西30个县（市、区）同时启动。大会战项目覆盖桂西北6市30个县（市、区）120多万人，主要包括建设和改造家庭水柜、地头水柜，清淤维修工程，水库除险加固和新建工程，灌溉配套、泵站改造维修和新建工程，加快水源工程建设，加强管网和集中供水工程建设，充分发挥水电站、水库尤其是原设计有灌溉功能的大中型水库、水电站的灌溉能力。

大会战分2期实施完成，第一期从2010年4月15日开始至年底，解决64万人的饮水问题；第二期从2011年开始至当年底完成，解决56万人的饮水问题。

大会战启动仪式主会场在距离都安县城50多公里的下坳镇光隆村，当天村里迎来了从未有过的贵客。时任广西壮族自治区党委书记、人大常委会主任郭声琨和时任广西壮族自治区人民政府主席马飚、时任广西壮族自治区政协主席马铁山等领导出席仪式。

现场拉起一条红色的横幅：抗大旱，保民生。

干涸的田头地尾，四周插着招展的红旗。

郭声琨宣布广西大石山区人畜饮水工程建设大会战项目开工。

马飚作重要讲话。马飚指出，开展大石山区人畜饮水工程建设大会战，是全面贯彻落实胡锦涛总书记、温家宝总理和党中央、国务院对广西抗旱救灾工作重要指示精神的实际行动；是广西坚持科学发展、和谐发展，践行以人为本理念的客观要求；是广西抗旱救灾的应急之举以及应对气候变化和自然灾害的长远之策；是广西建设生态文明示范区的必然要求；是推进广西扶贫开发和民族团结进步事业的现实需要；是顺应民心、贴近民情、排解民忧的德政工程；是扶贫救灾、促进和谐、造福子孙的历史壮举。各级各部门一定要以高度的历史责任感和强烈的时代紧迫感，坚定信心，精心组织，苦干实干，夺取大会战的全面胜利。

马飚主席要求，要成立指挥机构，加强领导，明确分工，实行领导定点联系责任制、部门分工负责制和以市县为主的工作责任制；积极筹措建设资金，加强资金管理；科学组织实施，强化项目管理；强化项目建设督查，建立奖罚机制；广泛宣传动员，营造大会战良好氛围；完善供水用水机制，确保工程长期发挥效益；统筹推进各项工作。

时任河池市市长谢志刚代表市委、人民政府作表态发言。他说，自治区党委、自治区人民政府把河池市作为广西大石山区人畜饮水工程建设大会战启动仪式的主会场，充分体现自治区党委、自治区人民政府对河池人民的亲切关怀和深情厚爱。河池市将坚决贯彻落实自治区这一重要战略部署，以最坚决的态度、最有力的措施、最扎实的作风，坚决完成大会战各项工程建设。做到思想重视，行动迅速，成效显著；精心组织，科学安排，高效推进；抢抓机遇，争创一流，全力打赢这场大会战。

企业代表当场爱心捐款，捐助当地旱区建立水柜。

在雄壮的乐曲声中，郭声琨、马飚、马铁山等人，走向水利工地铲土……

他们来到下坳镇人畜饮水工程水源地勘探工地，看望广西桂林水文工程地质勘察院找水打井的工程技术人员。

"同志们好啊，你们辛苦啦！"几位领导向工程技术人员打招呼。

见到领导向他们伸出手来，正在工地上忙活的工程技术人员赶紧用工作服擦干净手，与领导握手。

郭声琨关切地问："施工顺利吗？进展情况怎么样？"

总工程师高武振回答："我们这个井是水源地勘查钻孔。4月14号开钻，设计孔深大约80米，预计可到达地下水位。"

"预计出水量有多少？"

"出水量估计每天960立方米。"

"什么时候完工？"

"大约本月 25 日。这个井打出来，供下坳镇人畜饮水够用了。"

郭声琨一行听罢，满意地点点头。

马飚走上钻机台，询问了一些技术问题，如浅层地表水干不干净，打出水来一般要多久才能抽清……

当天下午 3 点半，郭声琨书记一行驱车赶到农民运动领袖、广西壮族人民的好儿子韦拔群的故乡东兰县，到广西水文地质工程地质队在武篆镇的施工工地慰问。

郭声琨朝施工人员打招呼："队员们辛苦了！"

时任广西水文地质工程地质队水文地质勘察分院副院长黄祖勇向郭声琨一行汇报了武篆镇找水打井的基本情况："东兰县钻井施工项目中，目前有 4 口成井出水，出水量大，水质好，有一口井日出水量达到 1200 立方米。"

郭声琨听了，连连叫好，竖出大拇指赞道："你们是打井英雄！" 说罢，他拿起钻井边的一块岩芯，仔细地察看。岩芯是了解地下地层最直观、最实际的资料。

郭声琨要离开工地时，跟施工人员一一握手道别："希望你们继续发扬艰苦奋斗精神，多打几口井造福老百姓！"

黄祖勇说："感谢郭书记的关心！请郭书记放心，我们一定继续努力，帮助旱区老百姓早日渡过难关。"

马飚和时任广西壮族自治区人民政府秘书长王跃飞等领导驱车来到河池市金城江区白土乡德里村，慰问广西地球物理勘察院抗旱打井队员。马飚给队员们送上了猪肉、米、蔬菜等慰问品。

马飚询问得知，广西地球物理勘察院打井队 2010 年 4 月 6 日进入白土乡实地勘查，根据物探结果并结合周围底层地质情况，选定在德里村下屯进行打井施工。钻机进场，已在德里村完成钻孔深度 32 米，预计 4 月

20日左右可钻达设计孔深，打井出水后可解决1320人、636头大型牲畜的饮水问题，灌溉2100亩耕地。

马飚鼓励打井队员："群众欢迎你们打井作业，希望大家加倍努力，5天后等你们的好消息！"他希望全体打井队员发扬不怕苦、不怕累、连续作战的精神，为群众多打几口井，早日打出水，实现温总理"有水存得住，旱时用得上"的期望。

离开白土乡德里村下屯打井工地，马飚一行先后来到罗城怀群镇卡马水库、四把镇大新村大梧屯，走进打井现场、项目工地和田间地头，详细了解抗旱打井、水库除险加固工程建设及春耕生产情况，看望和慰问奋战在抗旱救灾一线的工作人员和灾区群众。

马飚强调，继续推进找水打井工作，将找水打井与组织送水结合起来，做到标本兼治。同时推进引水、管水等配套工作，一方面组织建设蓄水池和泵站，疏通水渠，引水进村，引到各家各户；另一方面建立完善用水管水的体制机制，引导群众自我管理，充分发挥农民管水协会的作用，使辛苦找到的水源能长期发挥作用。

4月15日，广西大石山区人畜饮水工程建设大会战启动仪式除都安主会场外，河池市的其他10个县（市、区）分会场开工仪式先后举行，时任广西壮族自治区领导李金早、沈北海、陈武、刘新文、覃瑞祥、荣仕星、高雄等，分别参加分会场开工仪式。

时任广西壮族自治区人民政府秘书长王跃飞、时任广西壮族自治区政协秘书长杨才寿、广西大石山区人畜饮水工程建设大会战指挥部部分成员单位领导，河池市四家班子领导分别参加主会场和分会场的开工仪式。

当天，时任广西壮族自治区党委副书记陈际瓦到田阳县巴别乡看望慰问抗旱救灾党员义务送水队和抗旱救灾打井队员。

陈际瓦说："感谢你们。在这场抗旱救灾战斗中，各级各部门要充分发挥基层党组织的战斗堡垒作用和党员的先锋模范带头作用，为群众解决生产生活困难。"

陈际瓦关切地询问了大家生活上有什么困难。她叮嘱当地负责人，要千方百计为找水打井队提供良好的服务保障工作。

广西壮族自治区人民政府决定，增加找水打井工程项目投资，加大干旱缺水地区找水打井的力度。

2010 年 5 月，广西壮族自治区国土资源厅、广西地矿局成立了广西大石山区人畜饮水工程建设大会战水源建设工程指挥部，负责统一指挥、组织协调大会战，并成立了大会战找水打井项目指挥部，时任广西地矿局局长李水明任总指挥，负责具体实施。

大会战序幕拉开，作战军号吹响。

广西地矿局的各支队伍身穿工作服，头戴安全帽，他们奔波的身影，就是最美丽的画面。他们在田野里种下心愿，等愿望实现。

庄严的承诺，要靠每天付出的心血和汗水来实现。

大爱不需要太多语言。为爱奉献，为爱改变。

隆隆轰鸣的钻机，决战大石山区。

隆隆轰鸣的钻机，一米，一米，又一米，打下去，再打下去。

早出水，快出水，每天离大会战的目标，近一点，再近一点……

革命老区金谷乡

大山两头坡对坡，

扁担两头箩对箩，

政府派人来打井，

三生有幸得水喝。

——广西山歌

广西大石山区人畜饮水工程建设大会战，没有遭遇战，只有硬碰硬的攻坚战。

大会战时间紧急，资金未能及时到位，广西水文地质工程地质队深明大义，二话不说，干了再说，自己筹措垫资，开拔队伍，进驻革命老区、韦拔群的故乡东兰县。

河池市东兰县金谷乡位于东兰县西北部，是东兰县的北大门，有144个村民小组285个自然屯，总人口12000多人，居住着壮、汉、瑶三个民族，壮族人口占总人口的94%。

层峦叠嶂、沟壑密布的金谷乡，位于云贵高原向桂中岩溶盆地过渡的斜坡地带，云贵高原海拔2000～3000米，而桂中岩溶盆地海拔仅100米左右。大家都知道一个常识，水往低处流，金谷乡正好处于中间700多米的海拔，在云贵高原的边缘，海拔高度和地质构造无法蓄水。每到枯水季节，金谷乡地下水位下降到地面 200 多米以下，属于特旱地区。

乡里有个供水站，蓄水 150 立方米，缺水时节，每天向学校和居民限时供水，每天一次，每次一小时，中午有水就在中午供应，晚上有水就在晚上供应。

金谷乡金谷小学，上千名学生每到中午放学，都要提着白色的酒壶去排队取水。这种酒壶容量 10 千克，刚够每天刷牙洗脸。如果水站没水了，怎么办？只好等第二天了。

乡里的村民用水定额分配，只够做饭、饮用，洗澡只能到十几公里外的亲戚家去蹭水。

这里的小伙子娶不到媳妇，这里的姑娘恨不得赶紧嫁出去。

金谷乡党委书记对广西水文地质工程地质队的队员们说："我们乡的群众，天天望着我们，眼珠子都快要出来了，要求党委和政府解决生活生产用水的问题，但这么多年都解决不了。"说着，他长叹一口气，"我们乡党委问心有愧，确实对不起群众啊。"

面对革命老区群众深切的期盼，广西水文地质工程地质队的队员们心里很着急。

这里是韦拔群的故乡。早在 1923 年，韦拔群倾家荡产搞农民运动，组织农民自卫军，三次攻打东兰县城，夺取县城，成立了东兰革命委员会，公布政策：取消一切苛捐杂税，废除各种契约，提倡民族平等和男女平权。

"三打东兰"是中国现代农民革命运动史上最早的一次武装起义。

韦拔群为了让百姓过上好日子，自己连命都拿出来了，东兰县的农民跟着韦拔群闹革命，也牺牲了不少人。

革命老区的群众在历史上是做过贡献的，但他们还没有享受到幸福生活，连日常的吃水用水都成问题，怎不让人揪心。

铁人王进喜说得好，宁可少活二十年，也要拿下大油田。广西水文地质工程地质队的领导下决心，哪怕掉几斤肉、几层皮，也要打出水来。

东兰县金谷乡纳立村江更屯是石山间的谷地，石漠化严重。受到地质构造、断裂影响，找水区域附近构造裂隙和岩溶较为发育，多为峰丛地貌，且丛间溶洼深陷，绝大多数地方没有地表水。有的队员说，找水难，打井更难，到金谷乡才知道难上难。

黄祖勇队长带着一个组的人员，踏遍青山觅水源，爬山钻洞进行水文地质调查。鸡鸣出发，带上干粮，走村串户，开展水文地质调查。每天都是"两头黑"。

最终圈定找水物探靶区，用V8物探设备确定钻孔点位。

2010年6月12日，第一口钻井开工。村屯交通不便利，打井施工设备需拆解，用人力抬进场，然后再组装。

钻机施工需要用水冷却钻头和排返岩屑，但水柜里没有水，即使有也不能用，那可是村民的救命水。打井队只能采用高成本的气动潜孔锤钻进工艺，用空压机带动。

如此一来，钻机一开，钻探工们一个个被尘土喷得周身是泥灰，看着对方的样子，相视而笑。

为节约用水，他们不洗澡，少洗脸，少喝水。身体不适硬扛着。

打井队又打了2个孔，还是干孔。

连续打了3个干孔，那是绝望的干孔。施工一口井要花费30多万元，费用已有上百万元了，他们是自带干粮，背米出工，垫资打井的，这样一来，血本无归啊，资金还能保证吗？这样下去，如何承受得了？

有队员说："这里根本没有水源，我们也造不出水来，该撤退了，连本钱都赔进去了。"

撤，还是不撤？干，还是不干？

上级领导的期待，乡干部和群众的强烈诉求，村民的眼神，那种企盼、凄凉、悲苦、无助，甚至有些绝望的眼神，只要见一眼，就像钢印一样戳在心中，一辈子都忘不了。纵然是铁石心肠，也不能无动于衷。

广西水文地质工程地质队的党委书记高武振（他已从广西桂林水文工程地质勘察院调任）说："要么不干，要干就干成，决不向村民喊空话。这是政治任务。不打出井来，我们决不收兵。"

队长黄祖勇说："没有资金我们也要干，队里自己拿钱也要在金谷乡打出水来！"

副队长江日光说："不撤，继续打！老百姓苦啊，我们不打出水来，就不离开金谷乡。"

找水打井，义不容辞。干下去，死磕到底。

村民们围着他们，有人说："你们是专业的打井队，广西最厉害的，有你在这里，我们肯定有干净的水喝。"

地质队为了寻找水源，他们晴天一身汗，雨天一身泥，钻山洞，穿峡谷，精疲力尽，每天都是天黑了才回到驻地。

生命不息，找水不止，这就是地质人的担当……

这里要提到一个人，那就是广西水文地质工程地质队高级工程师、副队长江日光。他吃苦耐劳的精神、勤奋踏实的作风、精益求精的态度、忘我敬业的境界，队里上上下下，有口皆碑。

高武振回忆，"江日光同志在工程技术、防灾减灾领域所取得的成就，在广西水文地质工程地质队甚至在全区国土资源系统都是有目共睹的。他工作起来完全不顾时间，一天要工作十七八个小时，每天仅睡三四个小时"。

2011年8月9日，广西水文地质工程地质队的第四口井开钻。

地层复杂，干的溶洞非常多，施工场地狭小，井壁坍塌、打穿溶洞、钻杆断裂，种种事故层出不穷，相当棘手。

斗转星移，时光飞逝。这口井，竟然打了 8 个月之久。

直到 2012 年 4 月 28 日，苦日子才熬到头了。钻井孔深至 312 米时，不偏不倚，正好打在直径 1 米左右的岩溶管道上，钻机深井泵的出水管痉挛似的抖动起来，地下水喷涌而出。

"出水啦！出水啦！"队员们振臂欢呼。

"出水啦！出水啦！"村民们奔走相告。

抽水实验表明，孔内出水深度为 312 ～ 314.5 米，水质清澈。

钻孔在孔深 312 米处打中岩溶管道，成功打出了一口水井，日出水量达 132 立方米。

抽水机的轰鸣声中，村民一批又一批地来到井边，捧起水咕嘟咕嘟往喉咙里灌，似乎要一口把几十年的干渴给补偿回来……

这口井，实现了两个历史性突破，一是金谷乡自中华人民共和国成立以来打出的第一口井，二是岩溶地区打井最深的一口井。

从此，当地的村民不用再接露天屋檐水，不用再喝水柜里的水，不用再喝漏沟水了。

从此，当地的村民可以喝到甘泉了，可以痛痛快快洗澡、随时洗脸、洗手、洗衣服了，可以用干净水做饭炒菜了。村民们再也不用跑远路到亲戚朋友家去蹭水了。

金谷乡如此天大的喜事，广西水文地质工程地质队如此大的恩德和情谊，村民们觉得光敲锣打鼓放鞭炮是不够的，光说几声感谢也觉得是轻飘飘的，只有请他们吃饭，才能表达无限感激之情。

于是，乡亲们拿出了过年规格的礼节，杀羊、杀鸡，招待地质队员们。

盛情难却，地质队只好却之不恭。

眼前的饭菜，是清冽的甘泉做出来的，而这甘泉又是地质队的壮士们废寝忘食、夙兴夜寐，熬了 8 个月才打出来的。寻求水源像寻求真理一样，从迷茫到探索，从探索到发现微光，从微光到希望，从希望又到失望，甚至几乎绝望，又从绝望中奋起，重新追寻，直到真理到手。不容易啊！

2012年5月25日，东兰县金谷乡纳立村江更屯的村民们聚在刚打成的水井旁，井旁的电闸按钮被轻轻地按下，甘泉就从地下300多米深处的岩溶管道喷涌而出。广西水文地质工程地质队的艰辛一钻，为大石山区群众打出了这口日出水量达132立方米的大井。

"祖祖辈辈住在这里，没水的日子过得太苦了，做梦都想有个水井！如今，有水的日子真好啊。"村民老潘激动地说。

广西水文地质工程地质队先后在那合、色故、那满、仁里、纳核等15个村庄打出了22口井，日总出水量9264立方米。

广西水文地质工程地质队队员们找水打井时行走的山野、住过的村庄，给当地村民留下了美好的记忆，队员们的事迹也为村民所津津乐道。

那清冽的甘泉，流淌着他们的业绩，流淌着他们的功德。青山不再寂寞，草木更加多情。

如今，广西水文地质工程地质队战斗过的这些地方，不再是昔日的贫穷和荒凉。

时隔8年，当他们望着窗外，想起一生中最难忘最自豪的事时，那漫山遍野的山花烂漫、那满山漫岭的歌声飘向心头，往事并不如烟，记忆不时还会像打出的井水，哗啦啦地流淌……

"如今广西成歌海，都是三姐亲口传"。曾几何时，河池市宜州区刘三姐故乡谷洞村，村民每天都要到几公里外的一处洼地挑水，山路难走，一担水少说上百斤，来回得两三个小时。

那片洼地，也是牛马等牲畜的饮水点。每到盛夏时节，牛马喘着粗气，不听吆喝，竟然整个身子泡入水中，连洗带喝，得其所哉，搅得水洼浑浊不堪。

牛马痛快了，村民可苦了，水质被污染得一塌糊涂。但即使被污染了也没有办法，脏水胜于无水，挑回去之后，用明矾沉淀几日，凑合着用，该煮饭的煮饭，该喝水的喝水。

苦水总比没水好一点。

有个年纪比较大的村民，大清早出门去挑水，傍晚才回到家，离家门口就差几步路，却被一块石头绊倒，水桶摔倒了，水洒得一滴不剩，急得坐在地上大哭，还要悬梁自尽，幸好被人发现救了下来。

每到雨天，泥路湿滑，肩上挑着水，步履维艰。可是内心并不怨天，反而还盼着雨下大一点，这样洼地里就有水了，接屋檐水的盆盆罐罐里也有水了，多好啊。矛盾的心情，颇有些杜甫笔下卖炭翁的心态——"心忧炭贱愿天寒"。

当地政府在这里建起了地头水柜，在一定程度上缓解了水荒。可是，水柜里的水有限，要么三下两下用完了，要么不流动的死水变质了，极不卫生。村里各家各户集资，组织人手在村边地头找水打井，但折腾了半年多，挖下去几十米深，最终没有找到水。

2010年11月19日，广西水文地质工程地质队在这里打出了一口72米深的井，每天出水量上百立方米。

有了这口井，谷洞村200多名村民喝上了清冽的井水，附近的丰一屯、丰二屯和小学再也不用喝苦水了。

有水一片，造福一方。

如今，谷洞村的山上建起了大水池，灌溉着上千亩耕地，家家户户用上了自来水。

村庄里，鸡打鸣、狗汪汪，猪羊肥、牛马壮。

村民们发展种植养殖业，政府提供种苗、培训技术，建立网络销售渠道，种植养殖业逐渐规模化，走上了脱贫致富奔小康之路。

昔日贫困的山区如今充满了欢声笑语，山是那么青，水是那么白。村头的晒谷坪，每当晚饭过后，电灯亮了起来，忙碌了一天的人们，不用召集，以姑娘和大嫂们为主力的广场舞跳了起来。

山村广场舞的时尚舞曲，在夜空中飘荡，飘过群山，飘过城乡，一直飘到广西水文地质工程地质队找水打井队员们的耳边……

福六浪堵水成库

人逢喜事快乐多，

扯起嗓子唱山歌。

喜见山村建水库，

党恩国策暖心窝。

——广西山歌

【相关链接】

　　福六浪堵截地下河成库工程，是在深埋的地下河管道中实施堵截防渗，人为抬高地下河水位，利用积水洼地作库盆，兴建地下河溶洼水库，实现地下水与地表水联合调蓄。工程复杂性和施工难度之大，在国内同类工程中少见，在桂西岩溶石山区地下水开发中具有典型示范和推广意义。（广西水文地质工程地质勘察院：陈展为　黄辉　吴绍强《浅谈广西隆光地下河福六浪溶洼水库岩溶发育特征》）

　　2010年中，广西水文地质工程地质队承接了一个洼地堵洞成库项目，在抗旱救灾中实施完成了堵截工程。

　　来宾市忻城县属于岩溶山区，大多是峰丛洼地区，大部分田地的生产只能靠天气。忻城县城关镇隆光村福禄屯福六浪洼地，有3万多亩耕地，旱季缺水，雨季内涝成灾。每到雨季，地下河天窗溢洪，一片汪洋，达半年之久。

一旱一涝，旱涝交替，令当地村民叫苦不迭。当地群众雨季出门遇汪洋，要绕几座山。想耕田种地发展生产，更是马尾拴豆腐提不起来，种什么都没有收成。

这片洼地是当地群众心中抹不去的伤痛。

从 2003 年开始，中国地质调查局部署福六浪堵截地下河成库工程项目，广西壮族自治区国土资源厅经过论证，认为可建设可持续发展的有综合功能的整体设施，建成一座中型水库。

工程复杂而艰巨，调查任务首先是找出岩溶发育规律。

从地图上看，忻城县城关镇隆光村福禄屯福六浪洼地像一个不对称的哑铃，长约 1500 米，宽 250～900 米，最窄处约 80 米。

福六浪洼地是一个天然季节性岩溶湖，洼地中地下河具有 3 个坳口，高出洼地最低处 24～70 米。

从宏观来看，东岸及北岸山体雄厚，存在高于回水位的地下分水岭，库区西岸及南岸底部相对隔水层起阻水作用，与相邻洼地只有一坳之隔，不会绕坝渗漏，地形地貌对成库极为有利。

地质队通过地面调查收集地方资料。这里的水暴涨暴落，有 100 多米的落差。每年大雨后洪水从洼地溢洪洞中喷冒，涌浪 10 多米，湖中有大量鱼类出没，颇为神奇。涨洪水时人们在洞口水面上抛网捕鱼，洪水消退后又从洞中捕捉，每年可获鱼数百千克，有的鱼体重达 5 千克。这说明福六浪地下河与西南侧洼地天窗及红水河相连通。

洼地中岩溶微地貌发育，沿东部至东南部边缘分布有消溢洪天窗、溢洪洞、消溢洪洞、落水洞、岩溶塌陷坑和溶蚀裂隙。洼地中可见的溢洪洞、消溢洪洞达 9 个之多，形状各异，有的呈裂隙状，有的呈漏斗状，有的呈竖井状。

钻进溶洞勘查是勘查地下岩溶发育特征的一种最直接的方法。广西水文地质工程地质队队员钻进溶洞勘查，在天窗洞口的狭窄处，仅能容 1 人借助绳梯下到洞里。他们浑身泥水，顶着饥寒，用地质罗盘、皮尺、测距仪准确测绘了 3 号天窗的投影图和剖面图，查清岩溶洞中有 3 个台阶洞道，洞道高 4 米左右，局部达 12 米。从地面洞口往下至 48.5 米，洞口至水面垂直深度为 56.92 米。有的地下溶洞与地表相连通，洞壁厚度大，加上地下水作用强烈，各种岩溶洞隙较为发育。

在洞探的基础上，结合地下水水文资料，对地下河的走向重新进行了测定，在 3 号天窗南侧不远处布置了勘探钻孔，结果一举命中地下河主通道。通过在钻孔两旁增加钻孔和井中物探 CT 透视，准确查明了地下河主通道横断面的情况。

查明了地下岩溶通道空间结构，发现福六浪洼地的洪涝症结所在：在地下河天然露口点（即 3 号天窗）下游管道断面，地下水的消水量小于上游来水量，地下河水从天窗和溢洪洞涌入洼地形成积水，导致夏涝冬旱。

3 号天窗下游渗漏通道的位置在哪里？地质队采用较集中高密度电法、自然电场法和充电法 3 种常规物探方法，结合流量观测和洞穴调查，查明了 3 号天窗的管道特征——洼地中存在双层地下河管道。

结合地下河水位动态资料进行分析，排除福六浪洼地地下裂隙以规模较小的单一管道的形式穿过弱透水层或隔水层。地质队先后进行了可行性研究和详细勘查，综合采用了地面调查、洞穴调查、工程测绘、地下水动态监测、同位素分析试验、水文地质钻探、综合地球物理勘探等地质勘查方法，摸清了地下河的脉络。

专家组分析，福六浪洼地地处峰丛洼地区向峰丛谷地区的过渡地带，宏观地貌对成库极为有利，这里的地库岸防渗条件较好，只要把造成库盆渗漏的 3 号天窗堵好，即可建成溶洼水库，留住地下水，干旱时节也有水灌溉农田。

虽然洼地外貌千疮百孔，但洼地中地下河具有双层结构，地下岩溶管道从分散又变成集中，封闭条件较好，具备成库条件，只要在最低坳口处设一条低坝即可满足库容要求。

经过勘测和计算，这一方案在水文地质专家组内形成共识：以"主管道堵截，外围帷幕灌浆"为主导思想，用 1 万立方米投料堵死 3 号天窗去水方向，就能使地下堵体抵抗约 80 米的水头压力，完成该处地下河的堵截目标。

工程指挥部确定了钻孔—碎石回填消水管道—灌注水泥砂浆—待凝—二次钻孔—压注水泥—水玻璃浆液的施工方案。

工程的总体特征是实行堵截防渗，人为抬高地下河水位，利用积水洼地筑库。

工程完成后，福六浪洼地将由一个天然季节性岩溶湖，变成溶洼水库，实现地表水与地下水联合调蓄。

本次施工无前例可供借鉴，按照以往惯例，人一般可以下到堵截的位置，可是这里的堵体最深处达 180 多米，低于当地河床 60 米，施工难度大。

雨季眼看就要来临，如果再不施工，雨季来了就无法施工了，必须加紧加急。

大年初五，正是民间传统习俗"迎财神"的日子。传说中，财神赵公明生性懒散随意，一年中仅在正月初五这一天不定去往哪一家，所以民间人们在这一天打开大门和窗户，赶早燃放鞭炮烟花，焚香献牲，抢在前头向财神表示欢迎，祈祷在新的一年里行好运。这个习俗流传至今不息。

可是广西水文地质工程地质队的专家团队和施工人员，在大年初五就开始施工了。他们眼中的财神，就是将福六浪洼地堵水成库的水库。水库建成，防洪抗旱，灌溉农田，提供生活生产供水，促进渔业、旅游等发展，当地好处无穷，这样的财神，还不赶紧请来吗？当然，水库这个财神不是请来的，而是靠专家的智慧、艰苦的施工、不懈的探索、辛勤的劳作、晶莹的汗水换来的。

管理人员、技术人员与施工人员一起，全力以赴，24小时三班倒，没有白天黑夜，只有上班下班，没有周末、节假日。

钻孔投入碎石，结合灌浆在地下河主管道的咽喉地段实施试堵。短短2个多月时间，广西水文地质工程地质队钻探总深度6000多米，投石料14000多立方米，灌注水泥浆3000多吨，创造出惊人的速度。

2012年4月20日，福六浪洼地水库项目完成了钻探和灌注混凝土、水泥浆工作。天降大雨，福六浪洼地8小时水位上涨40多米，前所未有。这说明堵截已经达到预期的效果。地下河枯水季水位抬高了70多米，旱季仍可积水成湖。

项目竣工后形成了一座库容1000万立方米的水库，自流灌溉万亩农田，解决、缓解弄长村一带万人饮水用水困难。

工程投资少、效益大，并实施了地下河溶洞堵截和坝体周边防渗工程，建成了地表—地下联合水库。

这项工程，擦亮了广西水文地质工程地质队的牌子。

这项工程，在桂西岩溶石山地区地下水开发中具有典型示范和推广作用，成为"广西典型地区岩溶地下水调查与环境整治示范"。

这项工程，成为地质大学教学的成功案例。

如今的福六浪洼地，既是风景迷人的人工湖泊，又是造福当地百姓的水库。盛夏之时，千亩碧波，像一颗巨大的蓝宝石镶嵌在大石山区。鱼虾满湖。湖的四周，群山连绵，悬崖峭壁，奇石嶙峋，仪态万千。

红日、白云、蓝天、奇峰倒映湖中。湖水清澈，阳光照耀下，波光粼粼，玲珑剔透，闪闪发光，水底的植物摇曳生姿。

福六浪中型水库建成后，上万亩旱地实现自流引水灌溉，上万人的饮水条件得到改善，既可水面养殖，又是旅游风景点，其社会效益、生态效益和经济效益颇高。

广西水文地质工程地质队不愧为广西地矿局抗旱找水的主力军，他们用闪光的智慧、沸腾的热血、晶莹的汗水，给当地送来了一个招财进宝的大财神——福六浪中型水库。

百色红土地

山高坡陡路难行，

有山无水不公平。

红土碎屑打出水，

造福老区万千人。

——百色山歌

【相关链接】

　　据新华社报道，2012年5月，百色市发生旱灾，全市受灾人口达72.4万人，农作物受灾面积有28.3万亩，受灾最严重的是右江区、田林、隆林、西林和乐业等县（区）。广西壮族自治区党委、人民政府立即组织专家奔赴旱区调查旱情、寻找水源地，解决旱区9万多名群众的饮水难题；中国地质调查局还专门派出专家组到百色旱区进行调研，腾出资金来支持百色市找水打井水文地质调查项目工作；广西壮族自治区财政厅也对此项目给予6000多万元的专项经费支持。

　　大石山区人畜饮水工程建设大会战的硝烟散去了，广西找水打井的队伍可以修整一下，喘口气歇一歇了吧？找水打井工作人员可以在家里好好陪陪自己的家人，安心度过一两个周末了吧？

事实并非如此。潮起潮落，云起云飞，一场会战刚刚鸣金，尚未收兵之时，另一场鏖战的战鼓又咚咚擂响。

于是，广西地矿局所属的广西水文地质工程地质队、广西第四地质队、广西桂林水文工程地质勘察院、广西地矿建设工程有限公司、广西北海水文工程矿产地质勘察研究院等单位又披挂上阵，奉命出征。

百色市抗旱找水打井攻坚战打响。

百色地处我国西南地区，滇、黔、桂接壤地带，是石漠化集中连片特困区的核心地区。从地图上看，百色市的形状就像一只展翅飞翔的天鹅。这只天鹅在云贵高原边上，高昂着的头颅，那是山脉的顽强、坚韧和力量。

百色地势四周高、中间凹。地质学家说，这是一个典型的走滑拉分盆地，形成于第三纪初期，是造山运动的右江断裂带。

2001年，百色盆地旧石器遗址群被列为第五批全国重点文物保护单位。

据地质学家推测，大约80万年前，一个巨大的陨星撞击亚洲的东南部，碰撞引起熔融碎片飞溅，大地燃烧时，焚烧了百色盆地的茂盛森林，暴露出下面的砾石层。

美国古人类学家拉赛尔·施汉评价说："百色的旧石器文化，表明了亚洲直立人的足智多谋，他们适应了这场灾难性的环境剧变，变不利条件为有利条件，紧紧抓住了危机中显露出的微妙机遇。"

"百色"由壮语"博涩寨"演变而来，意为山川塞口地形复杂的地方。

百色是革命老区，是一片神奇的红土地。

令人心痛的是，这片红土地山多水少。没有水的山，就像失去了妻子的鳏夫，寂寞而凄凉。红土地，渗透了太阳流出来的血。

1929年12月11日，邓小平、张云逸、韦拔群、李明瑞等同志在百色组织领导武装起义，史称百色起义，又称右江起义，建立了中国工农红军第七军。这是继南昌起义、秋收起义、广州起义之后，中国共产党在偏远的少数民族地区实行的又一次工农武装起义。

革命是红色的，事业是红色的，忠诚也是红色的。红色是世上最美的颜色。红色是喷薄而出的太阳，红色是黑夜燃烧的火焰，红色是鲜艳的党旗和国旗，红色是革命先烈洒下的鲜血，红色是广西地质战士的一颗赤子之心。

百色市右江区有右江穿流而过，乍听起来似乎这里并不缺水，但右江在百色流域却是一条暴涨暴落、枯水期长的山区河流，水少险滩多。千百年来，壮族、汉族、瑶族、苗族、彝族、仡佬族、回族等 7 个民族的人民在此和谐相处，繁衍生息。

百色市隆林各族自治县，地处滇、黔、桂三省（区）交界，是一个"老、少、边、山、穷"的县份，是广西 28 个贫困县之一。

百色市田林县是广西土地面积最大的县，聚居着壮族、汉族、瑶族、苗族、彝族、布依族等 11 个民族，县域总面积 5577 平方公里。

百色市西林县，处于广西最西端，是"一鸡鸣三省"的滇、黔、桂三省（区）交界地，北靠贵州省兴义市，西南接云南省罗平县，在地图上像一条广西伸向滇、黔的尾巴。

右江、田林、隆林、西林这 4 个县（区），均为土山地区。2015 年，广西地矿局为找水打井成立了找水打井项目办公室（简称找水办），指挥配备找水打井项目所需要的工程师、技术员、专业设备等。

找水办主任黄桂强说："打井地区水文地质条件复杂，土山地区的砂岩裂隙容易流失地下水，不像石灰岩地区有溶洞作为储水空间，在红层找水，我们经验很少，成井率很低。百色抗旱找水，又是一场硬仗，广西地矿局专门派出精兵强将和新式装备来打这场攻坚战。广西水文地质工程地质队等 5 支经验丰富的水文地质队伍，配备先进的进口核磁共振探测仪、地质雷达等，首次在广西找水打井工作中大范围配合先进的成井工艺，在田林县碎屑岩山区和右江区的红层地区找水取得了突破性进展，为今后同类地区找水打井积累了经验。"

百色市水文地质复杂，不仅有红层，还有碳酸盐岩和碎屑岩混合层。

红层找水，是这些年来在西部农村出现频率最高的词汇。所谓红层，地质上泛指距今1亿多年前的侏罗纪一白垩纪时期形成的陆相砂泥岩地层，因呈红色而得名。

红层特点有四：一是地层呈淡红色至褐红色；二是土壤呈酸性，相对贫瘠；三是地下水资源相对缺乏，大多数红层地区被划分为贫水区；四是长期以来生态环境相对脆弱。可以说，红层区就是找水的盲区。

广西地矿局的专家们就是要挑战盲区。

时任广西地矿建设工程有限公司副总工程师覃宁魁，不仅是地质专家，同时也是一位文学爱好者。他常在文学网站上发表诗歌、散文作品，说起壮族的民风民情，他如数家珍。

他说，由于地处偏远和消息闭塞，交通不便，钢筋水泥等建筑材料无法运进山里，壮族干栏式建筑群得以完好保存下来，其传承了千年的建造工艺，建造干栏的材料都是百年以上的松树，不用一钉一铆，却将木楼打造得结结实实、稳稳当当，任凭云缠雾绕，雨打风吹，烈日暴晒，即使历经沧桑，痕迹斑斑，依然像村寨里的古树一样屹立。

覃宁魁还记得他们开展地质调查时走访当地村民的情景。

那天晚上下着小雨，路面又湿又滑，他们深一脚、浅一脚地在黢黑的山路上走着。

他们走进一户干栏人家，老人非常热情，给他们让座，端出米酒招待他们。

老人姓韦，年纪大约60岁，古铜色的脸上皱纹很深，面容愁苦，两道眉毛中间有一条深沟。

得知他们的来意，老人拿出旱烟装上一袋烟吧嗒吧嗒地抽着，脸上浮现一丝苦笑。老人的女儿，给他们递上旱烟。

老人的女儿看上去不到 20 岁，还没有找对象。

老人望着女儿，摊开双手，"唉——"，长叹了一口气，"真是难为你们了，你们哪个把她带出去吧，山里人的日子太难了，姑娘家连洗脸的水都没有。"

女儿羞赧地望了父亲一眼，埋下头，进屋去了。

覃宁魁心里一阵酸楚。

笔者感慨："在百色找水，又是红层，又是碎屑岩，真的很辛苦啊。"

覃宁魁说："不觉得苦，每天都在深山野地里走，我们对山水很有感情，面对大山我们都是很兴奋的，高山大河就是我们地质人的诗和远方，每天有看不完的风景，谈不完的话题，探不完的宝藏，走不完的探索路。缺水地区打出水来，看着水灌进田里，禾苗渐渐返青，看着那里的群众欣喜若狂的表情，什么苦和累都忘了。"

说着，他把在百色找水时即兴创作的诗《龙须河晚归》拿出来：

> 青山碧水东，
>
> 归影夕阳中。
>
> 热汗挥如雨，
>
> 何时起晚风。

笔者称赞："诗中确实有一股不辞劳苦、以苦为乐的味道。"

覃宁魁说："龙须河在右江区南面，属于右江支流。田东县林逢镇打出一口井，移交时即兴又作了一首诗。"说着，他又拿出另一首诗《交灵瑶村水井落成》：

高山曲径走云霞，

辣妹妆成一朵花。

似海深恩唯有党，

甘泉从此润农家。

笔者问："那里被看作是找水打井的禁区，你们是怎么解决的呢？"

覃宁魁说："红层找水，碎屑岩找水，我们都突破了。两种地层找水难度都很大，红层比碎屑岩要难。关于红层，一直以来都认为不含水，历史数据统计也显示其含水量很小，老百姓住在红层地区，是真的缺水。但我们不甘心啊，这里有裂缝啊，有粉砂岩啊，怎么会一点水也没有呢！经过物探，没发现好的含水层。而且通过比较，也分辨不出是泥岩层还是水带，物探找水失败。只好多做几组数据来分析。勘查发现，红层丘陵区一般呈网状分布，还有不同的填充物，分布面广、断层少。虽然缺水，但大气降水，使浅层风化网状裂隙带中存在裂隙水、地下水，所以风化裂隙发育的地段也能找到水源。"

"在那里打井用传统方法可能不行吧？"

"红层含水不均，适宜分散取水，井间距不能太近，要合理布设井位。可选择在降雨汇集条件好的低洼段打井，在河、溪冲积层较厚的地段打井，在植被相对较好的地段打井。打井取水，我们特别注意洗孔和下好滤水管。我们改变工艺，试验用比传统大三级的口径打井，填充过滤料，水通过大口径管道进入滤水管。成井后，三五百人的村屯够用了！传统断裂小裂缝被管道堵住了水出不来，而通过大口径扩大出水断面，就能把水抽上来了。在百色用的大口径打井这个方法，后面慢慢被推广开了。过滤管有很多缝隙，在过滤罐和井壁之间的空隙填充砂砾，出来的水就比较清了。"

与右江区红层不同，隆林、田林是碎屑岩。广西北海水文工程矿产地质勘察研究院负责西林县及隆林县隆或乡、克长乡的找水打井。队伍在隆林县的隆或乡、克长乡奔波，午饭常常就是两罐八宝粥，饿了当饭吃，渴了当水喝。

他们沿途看到村外田头的水柜，泛着绿色，有的只剩下底部一点水，已经发黑发臭，他们感觉心里沉甸甸的，发誓一定要在这里打出井来。

覃仁从事找水打井工作近30年，他在没有物探设备的情况下，根据地形条件，利用多点层位和裂隙走向实地资料，定位靶区，提高了找水的准确率。他自2012年8月来到百色，就一直驻扎在西林，直到2013年元旦，完成任务后才回了一趟家。

负责人杨灿宁2012年10月到达隆林和西林，也一直驻扎在工地。他既是服务员又是物流送货员，定孔位，协调施工用地、钻井进场、施工用水、抽水试验、成井移交、泵房建立等，每个环节都得劳心劳力。

地质人做出种种牺牲，已是家常便饭了。广西第四地质队的零军平，孩子刚出生他就奉命到隆林参加抗旱找水，天天在工作现场，夜深人静时，他望着茫茫山野，凝视天边月亮，想念家人，想念妻子和两三个月大的娇儿，想着想着，似乎闻到自家阳台上种的栀子花的香味。但是，激战尤酣，无法抽身回家。

找水打井工作告一段落时，领导发话了，家里有老婆孩子的，可以回去看望家人。于是，他回到半年未回的家中，与家人团聚，看到孩子已经蹒跚走路了。妻子抱着孩子，说快叫爸爸，孩子竟然像望着陌生人一样，并不认识眼前的爸爸。零军平有点想哭，他将孩子抱过来，一个劲地亲孩子的脸，怎么亲都亲不够，似乎要把半年对孩子的亏欠一下子补偿回来。晚上，他想去附近以前常吃烧烤的地方吃夜宵，与久别的老友叙旧，但到夜市的老地方一看，全都拆了，自己到了一个完全不熟悉的地方……

百色市国土资源局与找水打井队伍无缝对接，协同作战。该局领导说："我们随叫随到，配合做好各村屯的调查、找好水源、钻井施工。勘查布井，找准一处，即论证设计一处；设计即确定井位，确定井位立即组织施工。高质量地打好每一口井，以解决井深不够、水量不足等问题，并组织专家及时进行验收。同时，定期报送钻探进度表，加强质量和安全施工管理，确保抗旱找水工程项目顺利进行。"

广西水文地质工程地质队等 5 支队伍，先后在田林县六隆镇洞弄村洞弄屯、八桂乡六丹村那桃屯、百乐乡百乐村平合屯等地找水打井 64 口。田林县 14 个乡（镇）60 多个村屯的 2.3 万多人、1.4 万多头牲畜饮水用水困难的问题得到解决，8000 多亩农田的灌溉用水得到保障。

2014 年 3 月 13 日《广西日报》报道，广西相关部门对百色市抗旱找水打井工程项目进行验收，并对该项目进行预算绩效管理考核。经考核，百色市抗旱找水打井工程项目通过验收。经过一年多的努力，广西地矿局组织地质勘查单位打井 242 口，超额完成 42 口井，水井总出水量每天达到 3.87 万立方米，所有水井水质达到地下水饮用水源质量标准。建设水泵房 223 座、贮水池 39 座，解决了 242 个村屯 9.34 万人饮水困难的问题。

百色市抗旱找水打井工程的顺利实施，实现了缺水地区群众祖祖辈辈的梦想，使缺水地区群众喝上了清澈的井水。

旱区群众最能深切体会缺水的煎熬，如今，有水的日子真好啊，群众幸福指数飙升。

水清情更浓

世上真情最难求，

亲情友情心中留。

打井阿哥你慢走，

留下姓名写春秋。

——广西山歌

2013 年 7 月，正值酷暑，天蓝如洗，万里无云。

太阳如同一个大火球，大地好似着了火，被烧得发焦发烫，地面像被蒸笼罩着，冒着腾腾热气，使人透不过气来。知了不知在哪棵树上，"热呀热呀"地叫着。

鹿寨县中渡镇滩头屯，几个身穿迷彩服、头戴黄色安全帽的人，在甘蔗地里测量。物探仪器晒得发烫，那些线头热辣辣的，虽然戴着手套，手放在上面还是感觉热乎乎的。安全帽越戴越重。热汗湿透了后背的衣服，但一会儿就被烤干了，迷彩服上露出一层层白色的盐渍。

这是广西二七二地质队广西"十二五"农村饮水安全工程找水打井项目组正在做地质调查。随着温度的升高，想起肩上背负的重任，他们的情绪不由得焦躁起来。

乌云从天边像浓墨般泼过来，大风刮起来了。六月天，孩儿面，说变就变。突然间，天降暴雨，他们来不及躲避，一身汗水被雨水冲刷殆尽。既然已经被淋湿了，就任由雨淋吧，为了不耽误时间，他们硬是冒雨干到天黑才收工。

他们每天顶着烈日在玉米地、甘蔗地、水田里来来回回，午餐大多是随身携带的包子、馒头。

这些被村民看在眼里，疼在心中。这些日子为了找水打井，他们累得都瘦了一圈，村民们想要犒劳他们。

过了几天，他们忙完一天活准备收拾仪器离开工地时，村干部拿着几百元钞票塞到他们手上："这是我们村民筹集的一点点心意，你们辛苦，身体要紧，整天吃包子、馒头是不行的，你们拿这些钱到镇上吃晚饭吧。"

他们没想到村民竟然有这么一出，觉得十分意外，一时愣住了，好半天才回过神来："这个，不行，不行，怎么能够要你们的钱。"

"拿去吧，不成敬意，莫嫌弃啊，你们不吃一餐好点的，叫我们怎么过意得去？"

村干部把钱塞过来，他们把钱推过去，这厢硬是要给，那厢死活不接，拉锯了好几个回合，最后他们索性拔腿快步走人了。

这顿晚饭，他们吃出了与往日大不相同的味道，似乎特别好吃。他们虽然没有接受村民的钱，但是这番情义，却令他们感到回味无穷，口齿留香。

村民的深情厚爱，是炎炎夏日的一缕凉风，一阵细雨，一片绿荫。

一天，项目组技术员伍爱平和一名同事在地质调查途中，已是中午一点多，肚子咕咕叫了起来，他们走到附近的村庄想找个商店买点食物，在一个小卖部买了两包方便面，问老板要了开水泡着吃起来。

老板见他们穿着工作服戴着安全帽，就问："你们是哪里来的，来这里做什么？"

"南宁的，来找水打井。"

"哦，你们先莫走，等一下！"

不知老板要干什么，他们就老老实实地等着。

只见老板进到里面，不一会儿，端着两个煎得香喷喷的荷包蛋出来了。不由分说，放入他们的泡面纸碗中。

"老板！多少钱？"

"不要钱！"

"不要钱怎么行？"

"自己养的鸡下的蛋，又不花钱。"

"那太谢谢了！"

"该谢谢你们！找水打井功德无量啊，两个鸡蛋算得了什么！"

经过两个多月的奋战，广西二七二地质队在鹿寨县成功完成了广西"十二五"农村饮水安全工程找水打井项目任务。从此，当地3000多人饮用上了清洌的甘泉。

70多天的打拼，他们经受了常人难以忍受的辛苦，也收获了常人难以得到的情义。这真是水清情更浓。

无独有偶，旱区村民的情谊，广西二七一地质队也感受到了。

2013年7月2日，在广西二七一地质队广西基础勘察工程有限责任公司办公室，兴安县湘漓镇腊背塘村的村民拉来了一麻袋丰水梨，一定要送给地质队的队员们。

"哎呀，你们怎么这么客气？大老远跑过来。"办公室主任邓治平说，他知道从兴安到桂林，有60多公里。

腊背塘村村主任说："没有什么好东西，就是请你们尝尝我们种的梨子。这些梨子，要喊你们救命恩人呢，如果不是你们打出井水，早就干死了！"

　　　　第四章　决战大石山

广西二七一地质队在广西"十二五"农村饮水安全工程找水打井项目中，不到一个月时间，就给腊背塘村打出了一口日出水量几十立方米的井，救了村民，救了地里的农作物，也救了果树。要知道，这里曾经被说成是找水打井的盲区。"我们打不出水的地方，才请你们来打啊。"兴安县水利局的人说。广西二七一地质队没有让他们失望。

兴安县湘漓镇松树坪村，是个有 300 多人口的自然村。村委会主任文智慧，五十出头的年纪，脸上抬头纹很深，为了松树坪村，愁得头发和胡子都花白了。这是个有名的贫困村，人畜饮水困难，本想靠种植养殖致富，但俗话说"有收无收在于水，收多收少在于肥"，没有水就没有收成，还怎么致富。

2013 年五一假期刚结束，广西二七一地质队找水打井的队伍就来了。文智慧握着他们的手，久久不肯松开："太好啦，你们来了，我们就有盼头了，你们来了就有水了。有什么事要我做的，尽管招呼！今天就到我家吃饭。"

走进文智慧的家，房前屋后转了一圈，队员们沉默了。水柜周边满是绿苔，水面飘着枯枝败叶，打水时要小心翼翼地打水柜中间的水，不能搅动，否则沉淀在底层的泥沙泛起，那水就更没法用了。

队员们心里沉甸甸的。这里的地质属于炭质灰岩，储水条件差，若是真的不打出水来，如何交代，如何对得起村里人！

文智慧把自己当成了打井队的成员。野外调查时他是向导，做物探时他帮着拉线，还叫来村里人帮忙，吃饭时间到了，他叫村民帮忙把饭送到工地。

好在有物探专家陈新政，人们都说"陈工一到，井水就冒"。经过 10 多天勘探，确定了一个打井点。

但这个打井点要占用村民的地，征地事宜便提上了日程。征地是个很麻烦的事情，牵涉到土地主人的切身利益。

文智慧说："这事由我来做，你们不用操心！"

文智慧提上几瓶酒，到了土地主人家。土地主人一看就知道了文智慧的来意，忙着让座："来就来嘛，还带什么酒？"

文智慧开门见山："乡里乡亲的，真人面前不讲假话，打井要用你家那块地，今天你给个话，这个事情行还是不行？"

土地主人也是个痛快人："文主任，你说行就行。打井找水是我们的好事，打井队是恩人，恩人的事，都好说。"

"好啊，你答应了，事情就好办了。到时候，县水利局的领导来跟你谈。"

土地主人深明大义，有了这个大前提，接下来补偿或置换的具体事宜，很快就谈妥了。

队员们心无旁骛，效率就高多了。

钻机开动后，文智慧就一直守候在旁。

钻机钻到地下85米时，水就喷了出来。

村民们奔走相告，挑着桶拿着盆来接水。孩子们围着钻机跑，高兴地叫唤。

文智慧跪在井边，泪水涌了出来……

湘漓镇土皮头村，广西二七一地质队也在村里搭起了帐篷。

物探超常规拉了10条线，异常带没有什么反应。

出师不利，水路不明。

跟其他村庄人们戏称的"386179（妇女儿童老人）留守部队"迥异，该村的壮劳力很多。为何？这里的200多名村民，平日挑水要到3公里外，这累活非壮劳力不可。于是年轻人不敢外出打工，待在村里挑水度日。

生活的"活"字是有三点水的，没有水，要想活下去，哪有那么容易？

一天大清早，队员们刚走出帐篷，走来一群扛着锄头、铁锹的青年，其中一位问道："请问哪位是负责人？"

总工程师周树新回答："我是，你们有什么事吗？"

"我们是来帮忙的，你们告诉我们哪里挖得出水，我们一起来挖。"

周树新听了，哭笑不得，只听说过愚公移山，现在竟然亲见愚人挖水。又一想，当地人如此热情，有如此干劲，民心可用，是好事情。

于是他好言相劝："你们不是想早点打出水嘛，用锄头挖太慢了，等不及啊，我们用机器打井，是不是更快呢？要是用锄头，怕是要等到明年了。不过，我还是要谢谢你们，积极性很高嘛，精神可嘉，精神可嘉啊！"

青年们笑了。一个青年有些不好意思地摸摸脑袋问："你们找到有水的地方了吗？求求你们，快点打出水啊，我们就不用整天挑水过日子了。"

周树新说："正在想办法找，我们比你们更着急。"

这是大实话，不仅仅是责任担当，不仅仅是急旱区人民所急，还有成本的负担。他们是走市场的，拖得越久，成本就越高。

"难为你们了。"青年们见他们急着出门，就离开了，临别时说了一句："有什么事需要我们就打招呼啊，实在难为你们了！"

"难为"这两个字，在当地人的语境中，有着特殊的含义，有"谢谢"的意思，有"棘手"的意思，还有"很多麻烦"的意思。这两个字，饱含着当地村民对这支找水打井队伍深切的期待和无尽的关爱。

滴水之恩，当涌泉相报。

大山作证，村民们牵挂着工地上的队员们。太阳毒辣时，村民们怕他们中暑，老太太步履蹒跚，给他们端来亲手熬的绿豆汤。绿豆汤要花费多少水啊，这水是3公里之外挑回来的啊！这汤水中，有村民们的多少期盼，队员们心知肚明。

下雨了，村民们给他们送来雨衣。

深夜里，村民们跟队员们一起守钻机，拉来施工用水。

村民们的这份情义，夏日知道，风雨知道，灯光知道，队员们知道。村民们的这份情义，让他们暗下决心，用加倍的苦干来回报。

风餐露宿苦征战，甘洒热汗化甘泉。他们不负村民的厚望，在号称找水盲区的地方打出了一口 70 米的水井，有些美中不足的是水量不大，每小时只有 3 立方米。

虽然队员们的心里充满了遗憾，但村民们还是欢天喜地如同过年。村子里有井了，村民有水用了，了却了村民们多年的一个心愿啊。村里的年轻人把队员们抬起来，高声吆喝着，"嗨嗨，嗨嗨，嗨嗨嗨！"喊着号子，把他们高高抛到空中，又稳稳接住。

鞭炮声、山歌声，此起彼伏。这口小井，村民看得比天大。他们小小的成绩，村民们却看作无量功德。

队员们撤离的那天，村里的雄鸡唱亮了山村的拂晓。队员们与村民依依惜别，村民们一路唱着山歌欢送他们，还有一条小黄狗一路尾随。

队员们一再说："别送了，请回吧！"

走了老远，回头望去，村民们还站在高山向他们挥手。

再见了，亲人！

当地村民关爱地质队伍，原来队员们穿的工作服是迷彩服，这个颜色是作战用的，并不适合地质野外作业，如果出事人不容易找到。

后来队员们就把地质工作服改成了橘红色，颜色醒目，穿透力强，让人一眼就能看到。但麻烦又来了，刚开始田野里的牛见了这个颜色，就无端地兴奋，朝着他们冲过来，吓得队员们一个个飞逃。

村民见了，就来保护他们，把牛轰走赶开。牛见了红色发狂，他们就呵斥牛，甚至用鞭子抽打牛，"蠢东西，人家是来帮我们打井的，晓得么？再敢乱来，打死你！"

由于村民对他们的保护，后来反而是牛见到他们就感到害怕，怕被主人用鞭子抽打。渐渐地，牛见多了，也就习惯了，见了红色也不那么兴奋了。

2019年7月27日，笔者到贵港采访广西二七三地质队。这个单位于1960年4月成立，人员来自全国各地，大多是高校毕业生和部队转业军人，有些是从广东矿山直接调过来的，还有部分是从陆川矿山广西二七一地质队分出来的。

广西"十二五"农村饮水安全工程平恭指挥部指挥长车焕诚说："我们平乐恭城组2013年5月出发，平乐县委书记挂帅，县水利局、国土资源局配合我们到各村屯搞调查。当地政府和村民大力支持，要用地就给你用，要砍树就给你砍，通情达理。平乐县唐脑村，旱季非常缺水，我们在高坡上找到了地下水，在屯边定了位置，一米一米收紧，打井点最后定在山腰，但旁边3米处有个坟头，这让我们很为难。打吧，按照农村的习俗，在坟头附近打井是忌讳的。我们想去问坟主，但难以启齿，村干部主动去做工作，不料人家竟爽快地答应给我们打井，说没有问题！我们真是喜出望外，深受感动。"

笔者感慨地说："难能可贵，村民确实是深明大义，如若不然，他不让你打，你就不能动，如果是迷信的人，你动了他的祖坟，他要和你拼命。"

车焕诚说："要办成一件事，我记住了关键的两点，一是上面依靠领导，二是下面依靠群众。"

笔者问："我听说在平恭指挥部，你把自己的夫人请来给大家煮饭？"

车焕诚说："有这回事。野外作业日晒雨淋，天天十几个小时，我想让大家回来吃得舒服点，就租了间民房，聘请了一个煮饭的阿姨。说起吃饭的事情，广西二七三地质队在平乐县木山村田料冲找水时，居住在半山腰的村民再三邀请我们去家里吃饭，我们总是谢绝，他们说：'你们总要吃一次吧，给点面子好不好。'盛情难却，我们就去了一次，吃了以后才知道，煮饭的水是屋檐水，有一股讲不出的味道，让我们更深地感受了缺水人家的艰辛。哦，扯远了，还是说阿姨做饭的事，她上班来，下班走，按时煮好饭菜，倒是无可挑剔，可是我们的人经常是晚上7点多才回来，饭菜都凉了，忙碌劳累了一天连一口热饭热菜都吃不上。我就想这样下去不行。刚好我爱人2012年退休，我就打电话跟她商量，请她来给大家煮饭，随时做随时吃。"

"你爱人同意吗？"

"开始她有顾虑，毕竟女儿一个人在家她不放心，路途又远，她晕车，一坐车就呕吐。我就跟她说，这是打仗，兵马未动粮草先行，后勤保障的重要性你也懂，我就不多说了。既然是打仗，为了打胜仗，牺牲一点个人利益，是值得的，再说，你来也是暂时的，最多两个月就回去了，困难可以克服嘛。她就答应了。来的那天，我去接她，山路弯弯曲曲，她果然晕车了，吐得一塌糊涂，胆汁都要吐出来了，脸色铁青。"

车焕诚的爱人做得一手好饭菜，虽然辛苦了自己，但是幸福了全队人。队员们回来的时间不定也不要紧，今天大概什么时候回，一个电话打给她，她就知道该什么时候动手做饭，等到队员们回来，热腾腾香喷喷的饭菜就上了桌，劳累了一天的队员们吃得舒心，第二天就更有干劲了。

车焕诚的爱人周到暖心的服务，其意义不仅在于后勤保障，队员们看到领导如此关爱自己，领导如此有情有义，大伙岂能不用心？

车焕诚的爱人细致周到的服务，鼓舞了整个团队的士气，凝聚了整个团队的战斗精神。

于是，短短两个月时间，广西二七三地质队平恭组成井2口。

平乐县榕津中学那口大井，水质清洌，日出水量达144立方米，解决了全校1300人的饮水困难问题。

2013 年国庆节长假，广西二七三地质队的项目指挥部，陈宝才、陈文强、闫福生、梁竟等领导没有下火线，他们顶着秋老虎，依然战斗在前线，却让队员们回家探亲好好休息一下，以利再战。队员们见领导们如此体恤自己，心存感激，化为动力。

国庆节长假过后的一个月内，武宣工区一举拿下 13 口井。截至 2013 年 10 月 30 日，广西二七三地质队在武宣县、平乐县、恭城县共打出 15 口井，圆满完成广西壮族自治区地质矿产勘查开发局下达的任务。

从心理学角度来说，得到过爱的人，他也会对别人施之以爱。反之，在充满暴戾缺乏温情环境中的人，对待他人只会给予仇恨和冷漠。你对待他人的方式就是他人对待你的方式。

广西北海水文工程矿产地质勘察研究院的项目在大新县，2013 年 9 月初，是他们的一段艰难时光。此前的雨季施工造成了设备损坏，高密度电缆线接不通，电场测量仪测杆接触不良，车辆水箱爆掉……

一系列故障，成了队伍进军的拦路虎。士气受挫，身心疲惫，军心不稳。

关键时刻，领导来了。党委书记赵实、总工程师欧业成、工会主席温永作等人分批到前线慰问，带来了急需的生产物资和设备，带来了改善生活的蔬菜水果和猪肉鸡蛋，带来了体育用品篮球和气排球，带来了消暑降温的清凉茶、绿豆汤，也带来了一股酷暑中久违的习习凉风。

赵实说："同志们野外施工辛苦啦，但群众喝不上水更苦。我们现在暂时遇到一些困难，但我们不能等，能解决的问题要不惜一切代价尽快解决，一时解决不了的问题要开动脑筋，想办法克服。"

欧业成带着队伍勘查分析水文，他年近花甲，仍像个小伙子一样扛着高密度线，走在乡间小路上，走在窄窄的田埂上，穿过密密麻麻的甘蔗地，进行物探测量。

领导的关爱如风般吹散了队员们心中的雾霾。他们重新振作士气，再次投入到紧张激烈的战斗中。

一个单位要创造效益，必须招揽人才，招揽人才之后必须留住人才，留住人才必须激励人才，激励人才必须凝聚人心。凝聚人心有三样东西，一是事业，二是待遇，三是情感。要说待遇，地质部门比上不足，比下有余；要说事业，地质部门的"三光荣""四特别"，已经彰显出这份事业的光荣和无限前景；要说情感，古人云"感人心者，莫先乎情"，生命需要用情感去触动，情感是具有说服力和感染力的演说家。

广西海洋地质调查研究院的队伍也受到了当地村民的关爱。

中午在工地吃饭，他们把带来的大米、蔬菜和肉交给村民，请他们帮忙煮好。而到吃饭时，他们发现，煮好的菜品大大超过了他们提供的品种和数量，实在太丰盛了，简直像过节一样。

于是他们就跟村民说："老乡，我们单位有纪律有规定，不能增加当地的负担，你们这样搞，是让我们犯错误啊。"

"哪里的话？你们辛辛苦苦加班加点可以，我们给你们加点菜为什么不可以呢？"

"偶尔一次也就罢了，天天这么加菜，不行啊。以后我们给什么你们就煮什么，下不为例。"

老乡点点头说："好的，好的。"

但第二天的菜还是多了。

他们只好另辟蹊径，或自带干粮，或到集市上去买快餐，或到附近的小吃店里吃。

村里有个老奶奶，她把这些找水打井的小伙子看作自己的儿孙，老奶奶总是拿张小板凳坐着，守着周富标他们施工，起初还弄不懂，老人家不在屋里纳凉，为何跑来陪着他们晒日头。

施工完毕要走时，老奶奶把凳子放到汽车前，坐了下来，说道："你们先不要走，听我说几句话好不好？看见你们这些后生，觉得你们比我孙子还亲，比水还珍贵啊，你们不能走。大老远来打井，你们就好比是送水的解放军，你们打出了水，就是解放了我们啊。不能走，到我家吃饭去，我的鸡都杀好了。"

"谢谢你老人家，我们还有事。"

"天大的事也要吃饭……"

老奶奶软磨硬泡，但说来说去，就是一句话，一定要拉他们进屋吃饭，否则走不了。

队员们只好随她进屋吃饭。老奶奶露出豁口的门牙，满意地笑了。

吃完饭，他们告别老奶奶。老人执意要送他们，直到他们上车，老人抿着嘴巴朝他们笑，不停地挥手喊道："慢走，常来啊！"

看着老人渐渐淡出视线，一首歌曲在他们心头响起——

> 有谁知道情义无价，
>
> 能够付出不怕代价，
>
> 任凭爱在心头挣扎，
>
> 几番风雨几丝牵挂……

情义彰显境界，情感蕴藏能量。

广西"十二五"农村饮水安全工程找水打井项目，下达的任务是刚性冷硬的，但人间的情感却是柔软而温暖、有情有义的。

广西地质人做事像石头一样坚硬，内心却像水一样柔软。

再战红层

水是天上那条龙，

井是地下那窟窿。

龙要翻身才下雨，

精准扶贫才收工。

——广西山歌

【相关链接】

广西日报南宁讯（2016年10月28日） 日前，记者从相关部门了解到，由广西地矿局组织实施的"广西贫困地区精准扶贫找水打井"工作顺利开展，2016年底前将成井180口，为5万以上群众解决安全饮用水源问题。

广西贫困地区精准扶贫找水打井工作主要安排在河池、百色、崇左、来宾、南宁、桂林、钦州、防城港、贺州等9市的23个县（区）展开，在自治区、市对口帮扶的重点县（区）精准扶贫村屯实施打井，要求水井枯水季日出水量不少于120立方米。广西下达预算资金5260万元，为缺水村屯开展水文地质详细调查，并要求查明地下水资源状况和水文地质条件，掌握地下水赋存规律和开发利用条件，实施钻探与成井180口。

目前，广西地矿局已经派出广西地球物理勘察院、广西水文地质工程地质队、广西桂林水文工程地质勘察院等14支队伍，奔赴23个县（区）贫困村开展精准扶贫找水打井工作。预计2016年底前完成1∶10000水文地质调查 1800 平方千米，综合地球物理勘探、物探剖面总长 400 千米，水文地质钻探 34370 米等野外工作。2017 年将陆续为每口水井安装与水井出水量相适应的深井潜水泵 1 台，在井口建设建筑面积约 14 平方米泵房 1 座，提交村屯水源地水文地质勘察报告 180 份。

时光飞逝，上一阶段找水打井的情景还历历在目，转眼就到了 2016 年。

广西河池、百色、来宾和崇左等市的贫困县（区）和缺水县（区），还有大量贫困村屯极度缺乏地表水源，需要通过找水打井来解决缺水问题。

2016 年，广西地矿局获广西壮族自治区国土资源厅、财政厅同意，调整广西"十二五"农村饮水安全工程找水打井项目预算资金，用于广西贫困地区精准扶贫找水打井项目。这个项目属于广西 2016 年重大民生工程惠民工程。

干旱，是贫困人口致贫的主要原因之一，也是推进精准扶贫工作的瓶颈。

2016 年 11 月 20 日，广西地质调查院领命广西贫困地区精准扶贫找水打井项目，工作区在崇左市宁明县。

经过项目负责人覃选工程师和 5 名技术人员前期勘查和物探，宁明县亭亮镇天西村的打井点定在上芳屯。

于是，第一台钻机在此架起，轰响。

钻机打到 20 多米时，打到了煤层。煤层是隔水层，换句话说就是这里没有水，即使有水，水质也是硫超标，无法饮用。

煤层可以说是找水打井的"鬼见愁"，因为煤层是非常好的隔水层，地下水遇到煤层基本渗透不下去，下面的灰炭就难有岩溶发育。而这个点的煤层在地下才 20 多米深，也没有岩溶发育。

福不双降，祸不单行。这边打井遭遇煤层，那边的那潭村那亮屯打井点，地层为白垩系新隆组，地层岩性为砂岩和泥岩，底部为砾岩。新隆组这个名词，是广西区域地质测量大队1966年命名的。新隆组的特征是下部以紫红色砾岩为主，夹砾状粉砂岩、不等粒砂岩、泥质粉砂岩，上部为紫红色粉砂岩、泥质粉砂岩、钙质粉砂岩夹细砂岩、砾状砂岩及砂质泥岩等。

那潭村那亮屯的这口井，与天西村上芳屯的那口井，成了一对没有泪水的难兄难弟。

项目部里，大伙都不愿说话，大眼瞪小眼，都傻了眼。

进场一个月了，连打3口井，都是干孔。如此下去，几十万元资金打了水漂不说，完不成任务，无颜见江东父老。

项目负责人覃选工程师对大家说："人是活的，活人还能给尿憋死？我们换个思路行不行？放弃物探法，用微地貌找水。"

微地貌找水，像是中医的望闻问切，对规模小的地貌形态单元进行调查，寻找水路和裂隙。

事不宜迟，说干就干。他们踏勘发现，地表有两条小溪，流经那亮屯。已经3个月没下雨了，溪水是从哪来的？民间找水谚语有云："两沟相交，溪水淙淙。"有希望，溪水极有可能来自地下水！

他们在两条小溪交汇处打井，钻至百米时，天遂人愿，打出水了。这个井出水，意义非同小可，它是第一口微地貌找水成功的井，也是红层找水打井的一大突破。这口井，不偏不倚，刚好扎中穴位，如果稍微偏移一点都不行。

再接再厉，如法炮制。

宁明县北江镇法奎村浦计屯，居住人口212人，是宁明县的重点扶贫村，比起那亮屯，这里更缺水。

浦计屯位于海渊盆地北侧边缘，处于北部侏罗系和南侧第三系地层的接触带部分，属原有侏罗系与第三系沉积湖的北部边岸地带。

这里的地貌与那亮屯同属红层，前者是白垩系，后者是侏罗系。两者相比较，侏罗系的地层含水层薄，水量更少。

队员们在20平方公里范围内寻找目标层位地面露头，绘制水文地质剖面，分析地下水汇集条件，区域地质的构造、岩性。

浦计屯跟那亮屯一样，也有两条小溪汇集，但遗憾的是，水量很小，小得几乎可以忽略不计。

看来，用以往的经验是行不通了。

古诗有云："踏破铁鞋无觅处，得来全不费工夫。"

一天中午，覃选一行踏勘途中，又累又饿，掏出馒头准备吃，发现馒头太硬，就近走进一户农家，想借厨房热一下馒头。

踏进门来，见到一个中年男子坐在板凳上，覃选说："老乡，打扰一下……"话说到一半，他看见男子在低头脱一双水胶鞋，鞋子上面沾着湿泥。这让覃选眼前一亮，啊，这地方有3个月没下雨了，干旱得很，竟然有村民穿水胶鞋，鞋上还有湿泥。他忙问道："老乡，你鞋子上面的泥巴，哪来的？"

男子觉得奇怪："泥巴从田地里来的啊。"

"哪里的田地？快带我去看看！"覃选连吃馒头的事都忘了。

男子把他带到屋子后面。覃选见到一块半个篮球场大的湿地，与别处无精打采满目枯黄的草叶迥然不同，此处绿草青青，泥土湿润，鸭子在里面嘎嘎叫着，牛低头叽呱叽呱吃着草，那牛浑身是泥，悠然自得地打着响鼻，抒发着饱餐青草的惬意。

环顾四周，却是令人忧伤的干涸土地。职业敏感和直觉告诉他，这里应该有水。地质学原理告诉他，此地的渗水大有来头，是深部承压水受构造影响，沿着上部泥岩盖层而引起的。

覃选判定，这里是侏罗系和第三系地层边缘的接触带。他情不自禁地喊出来："就是这里，这里有水，这里肯定有地下水！"

以承压水为突破口，圈定靶区，确定孔位，钻探施工。

钻机打进 60 米时，仔细察看取出的岩芯，依然是泥岩和泥质砾岩。技术人员停机问："覃工，还要不要再打下去？"

"打！再打 10 米！"

钻机打到 68 米时，观察岩芯，发现破碎的钙质砾岩和砂岩层。孔内水位上升，孔口的水出现自流现象。

出水啦！

终孔 105.95 米深时，每小时出水量达 5.45 立方米。够了，这口井足够浦计屯 212 人日常使用了。

打出自流井，实现了在宁明县第三系沉积盆地边缘侏罗系碎屑岩地层打井找水的新突破，开创了宁明县侏罗系地层找水成功的先例。

截至 2017 年 1 月 12 日，广西地质调查院在宁明县 10 个贫困村屯，成功打井 11 口，总进尺 1093.08 米，总装泵量 74 立方米／时，解决了 3601 人的饮水问题。

速度与激情

石榴不比水槟榔，

甘蔗不比蜂蜜糖，

月亮不比太阳亮，

时间赛过金太阳。

——广西山歌

【相关链接】

截至 2010 年 11 月 10 日，广西地矿建设工程有限公司打出了广西大石山区人畜饮水工程建设大会战启动以来出水量最大的一口井，出水量每天达 3615 立方米。公司在田阳、马山、田东投入技术人员 47 人、施工人员 127 人，开动钻机 43 台。已见水钻孔 29 口，总出水量每天 5979.4 立方米。解决缺水人口 12017 人饮水用水问题，成绩名列前茅。（廖海燕、孙昊《石山找水鏖战急　创新黄花分外香——广西地矿建设工程有限公司参加大石山人畜饮水工程建设大会战侧记》）

广西地矿建设工程有限公司，主业不是水利，在应急抗旱找水打井工程中，原是第二批进场的增援队伍，但他们却功绩卓著，在广西地矿局的 8 支队伍中，创造了四个第一：钻机进场数量第一，打井数量第一，见水井数量第一，移交水井数量第一。

广西地矿建设工程有限公司从最初的增援队伍，经过一场又一场硬仗的洗礼，最终成长为主力队伍。

现任总经理夏红刚对笔者说："敢和拼，这两个字是广西地矿建设集团的灵魂。现在，我们的企业精神就是'敢想敢干，干就干好'。"

广西地矿建设工程有限公司在市场的搏杀中，形成了自己独特而行之有效的无边界管理模式。

什么叫无边界管理，就是把团队置于个人之上，撤除职能部门之间的障碍，化繁为简，减少层次和流程，建立一个流畅和进取的公司。公司的管理，采取垂直的矩阵式、扁平化组织模式。无边界管理，强化了公司的实力，丰富了资源，带动了下属子公司的发展，最大程度释放了管理者与员工的激情。

于是，广西地矿建设工程有限公司有了一个引以为豪的组织优势，那就是一旦承接一个新项目，便可立即组织各部门的精兵强将，速战速决，集中优势兵力打歼灭战，可谓招之即来，来之能战，战之能胜。

速度就是井，速度就是水。激情就是迸发生命，就是拼尽全力。

不仅激情出速度，科学技术也出速度。

广西地矿建设工程有限公司调用最先进的仪器设备，进入旱区的第一天，就选定了 50 个钻探打井孔位，创出业内罕见的地建速度。

此次大会战，广西地矿建设工程有限公司的战场是百色市的田阳县、田东县及南宁市马山县 3 个县。早在大会战全区誓师仪式开展前的 2010 年 5 月 21 日，他们就已经讨论和部署作战方案了。

2010 年 9 月底，广西地矿建设工程有限公司全部完成了 3 个县的 1∶100000 水文地质调查和地质灾害排查。

集团的作战会上，时任总经理韦孟奇说："这次大会战，与短期的应急抗旱突击战有所不同，是一场持久战，公司任何一个部门都无法独立完成 3 个县的任务。我们必须从公司的实际出发，兼顾市场项目的同时，人员、设备等各方面要权衡利弊，整编一支专门的队伍，投入到大会战中去。"

2010 年 6 月 3 日，广西地矿建设工程有限公司正式成立广西大石山区人畜饮水工程建设大会战领导小组，整合了全公司技术力量的总工办、地质工程、岩土工程 3 个部门，分为 3 个小组，分别负责田阳县、田东县和马山县的找水打井任务。

公司总经理任总负责人，总工程师担任一线总指挥。物探组为侦察队，办公室为情报队。各部门负责人担任各任务区的指挥官，技术负责人、质检员、安全员及各类工种负责人组成网络，"纵向到底、横向到边"。

人人有职责，事事有人管。

大野多钩棘，长天列战云。

在大石山区找水打井，从专业上讲，岩溶地区岩溶管道富水命中率较低，没有最难，只有更难。

他们是一支快速反应的队伍，全靠速度与激情。

激情催化速度，速度强化激情。

公司副总经理、地质工程勘察院副院长周光俊，副总工程师张作清负责马山组。他们介绍说："马山县石灰岩地区，共有 300 多个缺水点，我们都去勘查核实。干旱导致庄稼干枯，三合村龙泉屯的村民到政府诉苦，要优先解决那里的缺水问题，确定靶区，选点时听取县里水利、国土部门的意见。我们上钻机，第一口井打井成功，那口井当时就能就地灌溉附近的庄稼。马山靠近武鸣，成井之前要去武鸣拉水，水稻快要旱死了，村民特别着急，打井出水后把早稻救活了，看着水稻返青，活过来了，村民的绝望变成了希望。"

马山是典型的大石山区贫困县，又是重旱区。2002 年国务院将马山定为全国新阶段扶贫开发工作重点县。

马山虽穷，却有三宝。

第一宝，壮族三声部民歌，填补了"东方少数民族多声部民歌"的空白，2008 年被列入国家级非物质文化遗产保护名录。

第二宝，壮族千年会鼓。马山是"中国会鼓之乡"。

第三宝，壮族扁担舞，被誉为"广西民间舞蹈一枝花"。2013 年 8 月在维也纳金色大厅举办的夏季音乐会，马山扁担舞与壮族三声部民歌一同表演，向世界展示了它无穷的艺术魅力。

马山的这些文化宝贝，就算是走南闯北、见多识广的广西地质人也想领略一番，如果他们向地方政府提出来，搞个欢迎仪式，表演一下山歌，敲打一下会鼓，跳一下扁担舞，当地肯定会欣然答应，但时间逼人、时间不等人，倒计时般紧张的日子，不允许他们虚度哪怕一分一秒。

打井队员们进到村里进行水文地质调查，村民们见到他们扛着物探设备，知道找水打井的来了，像见到了救星，整个村子沸腾了，东家拉，西家扯，生拉硬拽就是不放他们走，软磨硬泡，死活要请他们吃饭，还特地打来米酒请他们喝。

队员们要赶时间，就说："天热，口又渴，我们喝点稀饭就可以了。"

村民们说："哪有稀饭喝？我们都不敢轻易煮稀饭，稀饭用水多啊，你们喝酒吧。"

马山县东部的村子在洼地里，四周都是山，属裸露型岩溶区，地下水以岩溶管道为主，垂直裂隙发育，地形复杂，场地狭小，设备进村时只能靠人力，把设备拆解后再扛进去。物探也摆不开，拉线也没有地方。

勘探定井位只好采用最原始的人工调查，队员们钻进 37 米深的溶洞进行调查。

张作清副总工程师说："我的体会是，工作资料要收集，现场调查要做细，还必须充分发动群众。群众还是向导，当地上年纪的人都钻过溶洞，他们也尝试过寻找水源，搞水泵抽过水，但汛期洪水一冲水泵就没有了。还有就是当地国土资源部门的配合协助也比较好。"

勘探发现，这里的岩溶管道丰富，但雨水一下就流走了。

地质变化在水文资料上反映不出来，地下的情况谁也说不准，还是要进行实地勘查。找水钻溶洞勘探是比较可靠的手段，虽然当地人曾下去过，但是队员们自己必须得下去，结合水文地质资料，验证当地人所说的是否属实。

在电脑上作图，评估水位、深度、水流走向等。实地测量要反复测量，以减少误差。物探验证，如同做拼图，还原真相。

找到水源了，通过投影、罗盘定向，作图计算位置，确定靶区。

套管和滤水管如何才能穿过溶洞，他们发明了新的施工方法，穿过溶洞底板进入完整基座后，及时将配好的套管和滤水管下好，整个过程一气呵成。该方法在裸露型岩溶区十分奏效。

燃烧的激情，加快了打井的速度。

过硬的专业知识，缩短了成井周期。

周光俊副院长说："我印象最深的是当地群众对水的渴望，村里水柜的水本来就少，第一口井施工打钻的时候已经把他们的水用完了，水不够就拉水，用牛车从两三公里之外的地方拉过来，以保证施工用水。本来水就珍贵，群众忍饥受渴，把水留给打井用了。"

人有目光，也有眼光。只看到眼前的叫目光，看到远处的叫眼光。当地群众有眼光，他们很明白，自己干渴是暂时的，打井出水之后，他们就再也不愁没水用了。

每一个严寒的句号，都是春暖花开。

每一个休止符的出现，都是新乐章的开始。

速度，如何快些更快些？激情，如何绽放再绽放？

广西地矿建设工程有限公司赫赫有名的"疯狂找水法"，便是速度与激情的表现和发扬。

田阳组组长胡纯龙总工程师说："抢时间争速度，不能蛮干，霸王硬上弓也不行，要开动脑筋。我们从断裂构造方面综合分析许多资料后，再进行布点，传统的布点是一个，我们加班加点，布点增加三五个，一路调研一路布点，这样一个组顶好几个组，速度快两三倍。这与我们丰富的技术方法、施工管理和生产调度经验有很大的关系。"

时间再紧，觉还得睡，只不过比平时少睡几个小时罢了。

他们晚上要做两件事，一是做好当天的资料整理，二是做好第二天的功课，从资料上确定靶区。

第二天早上碰头会过后，出发去现场校对，布点—物探—确定靶区—确定打井点，打井钻机就跟在后头，一确定打井点钻机就立了起来。

打出水后要抽水试验，这得花时间。以往是采用水管连接水泵，将水泵送入出水段抽水，但大石山区打的大多是深井，动辄80米深，需要连接的水管多，水管的型号、口径不同，要驱车到城里购买，峰丛洼地行路难，一来一回，几个小时就耗掉了。

如何省时省工？公司地质工程部副经理、田阳县钻探打井工程师蓝景田说："不管是平时，还是战时，我们苦干实干还需巧干，技术上要善于钻研，学会创新。"

如何创新？技术人员自行设计加工了变径的水管接头，钻杆与水泵连接，运用钻杆直接抽水，如此一来，省下了大量时间、人工和材料，效率提高数倍。

抽水试验和洗孔要用到空压机，空压机从这个井运到那个井，拆卸下来再安装上去费工费时，为了省工省时，他们始终不卸车，完成抽水试验后，接着就开往新的打井工地。

鲁迅先生说得好，时间就像海绵里的水一样，只要肯挤总还是会有的。

钻机打出水终孔之后，抽清地下水至少要两天两夜，如遇到水质浑浊，甚至要花三四天。这段时间里机台人员、钻机闲置。

不能让这段时间像水一样流走。广西地矿建设工程有限公司抽调8名技术人员组成两个抽水队，奔走于各个出水工地，专门联系抽水设备、抽水采样、送检和兼职安全员，一道道工序无缝衔接。

打出的岩芯排列成长长一串，极易弄混，导致原始记录错误，而一旦记录错误，整个打井就会多耗费工时，浪费人力物力财力。

这事马虎不得，不能为图快图省事而忽略了岩芯管理。技术人员自行设计了岩芯标签，详细反映钻进运行细节，一丝不苟记录溶洞或孔内异常情况，严格编录，每个钻探回次都贴上一次岩芯标签。

如此，钻探施工井然有序，控制了出错率，虽然看起来工作繁杂了些，但老话说得好，欲速则不达，磨刀不误砍柴工，反而加快了速度，提高了效率。

只要思想不滑坡，办法总比困难多。在变化中谋划，在创新中优化。激情触发灵感，灵感改进工艺，工艺助推速度。

就这样，不断探索，不断发现，不断创新，环环相扣。布点一个组，抽水试验一个组，打井一个组，后勤供应一个组，相互呼应，一路滚动操作，一路快速推进。

马山县委、政府密切配合，高效服务，整合水利、供电、疾控等资源，统筹村镇力量，协同推进。

马山县建立了专门的找水打井微信群，各部门指定联络员，将打井信息在微信群中公开。每成一井，后续泵房建设、用电审批报装、水样检测、配套水池和管网布设同步跟进。

深度缺水村提交的审批材料，相关部门"一次告知、一次办结"。用电报装环节，马山县供电公司当天报装、当天审批、当天安装完毕。

马山县自然资源局局长罗建团说："这个民生工程，我们是牵头部门，我们会指派熟悉业务的同志负责协调对接，全力服务。"

马山县供电局副局长黄凤梅说："深度贫困村的饮水，早一天动工，群众就早一天受益，做好服务，我们义不容辞。"

当地政府节奏加快，县乡村三级联动。县乡村三级一盘棋，下棋至少看三步，步步紧逼。

第一步，县里配合广西地矿建设工程有限公司拿出找水打井方案，细化量化，有的放矢。

第二步，乡里落实到村，兵分几路。

第三步，第一书记、驻村工作队、村委会走村串户，在村里负责为井口、泵房、管网征地用地等做好群众的思想工作。

有人要问，打井是给群众办实事，他们得到实惠，高兴还来不及，怎么还会有那么多的麻烦？事情可没那么简单。

世上什么事最难？征地！征地被称为"天下第一难事"。

人上一百，形形色色，不是人人都有那么高的觉悟和思想境界的。地是村民的命根子，你动了他的地，总得给个说法吧。遇上通情达理的村民一切都好说，但也涉及许多具体事宜，这些都得谈清楚。遇上难讲话的那更麻烦，你不能搞僵关系激化矛盾，不能因为这是惠民工程就霸蛮动粗，只能耐着性子跟他恳谈，征得他的同意和配合。

白天村民出工，没有空闲，就得晚上去村民家里找村民谈。谈话时，还得考虑村民的感受，维护村民的利益，态度要诚恳，语气要温和，晓之以理，动之以情。亲兄弟，明算账，我们要用你的地，你是否同意，丈量是多少，如何补偿，如何置换，如何维护等，一条一款，一点一滴，都要讲得清清楚楚、明明白白。

浇树浇根，交人交心。人心都是肉长的，村干部把话都说到点子上了，让村民知道自己并没有什么损失，而且打井是好事，更何况还有补偿！于是村民就欣然答应、配合，签订《"三同意"承诺书》。这"三同意"，一是同意无偿让地建设井口、泵房、布管，二是同意按时按期缴纳水费，三是同意以后村民自费维修管网。

签订承诺书，扫清了多道障碍，施工就踏上了快车道。

上头领导重视，下面群众支持，还有什么事情做不成的呢？

为了抢时间，村民连夜赶来帮忙搬运几十吨重的钻井设备，运到金钗镇龙印村加增屯。加方乡忠党村龙宁屯的群众自发挑水送水20天，供应打井用水……

施工队一路过关斩将，势如破竹。

"马山速度"，地质队与当地共同来创造。

21世纪最重要的是什么？人才。习近平总书记说，发展是第一要务，人才是第一资源，创新是第一动力。

广西地矿建设工程有限公司以人为本，爱惜人才，体恤职工找水打井大会战的辛苦，见到野外施工人员衣服常常汗湿不干，怕他们受寒伤身，特地给他们量身定制了两套野外快干服装。

队员们穿在身上，暖在心头，工作时更有劲头。

仅5个多月的时间，至2010年11月，广西地矿建设工程有限公司田东组承接的12口井任务，已经打出11口，成井命中率100%，成功移交水井10口。尤其可喜的是，在田阳那满镇新立村下果屯打出一口大井深井，这口井深达126.8米，日出水量达3615立方米。

至此，马山县已经成功移交了 6 口井。

2010 年 12 月底，寒风阵阵，细雨霏霏，年关将近，眼看着要过元旦和春节，队员们也有亲人老小，也想回到自己温暖的家过年过节。

但他们深深知道，时间紧迫，容不得虚度分秒。他们不能休息，在这多待一天，多累一天，多苦一天，古宜屯的村民们就能早一天解脱缺水的痛苦。

他们苦战 3 周，钻机日夜轰鸣，终于在春节前打出了一口深 80.6 米、日出水量达 120 立方米的水井。

2011 年春节，村民们过上了有史以来最幸福的一个春节。

马山组在林圩镇三和村龙桂屯打出了一口百米深井，日出水量达 600 立方米。

广西地矿建设工程有限公司与马山县国土资源局、马山县发展和改革局配套实施广西大石山区人畜饮水工程建设大会战项目，投资 41 万元，建成一座容量为 120 立方米的蓄水池和一座 9 平方米的泵房，龙桂屯家家户户安装上了自来水。

从此以后，"三天无雨地冒烟，三天大雨水连天"的情景不复存在；从此以后，村里男女老少喝上了清澈的甘泉。

村里的老人激动不已，唱起了山歌：

> 老汉活了七十七，
>
> 从未见过这稀奇，
>
> 水管安在厨房里，
>
> 党的恩情数第一！

现任广西地矿建设集团有限公司党委书记、董事长夏红刚对笔者说："我们集团公司，通过大石山区人畜饮水工程建设大会战，越战越勇，越战越强，从原来的增援队伍变成主力队伍。这不仅锻炼了队伍，也鼓舞了士气。我们的主业虽然不是地下水勘查，可事实证明我们也有这方面的实力，也有水文地质的专业优势，有长期大型施工项目管理的丰富经验，有非同寻常的施工能力，是一支能打硬仗的队伍。"

成井正式交付的当天，乡里举行了隆重的仪式。淳朴的壮族村民宰羊杀鸡，拿出自酿的米酒，以乡村过年般的最高规格的礼节招待打井队人员。

县、乡领导代表村民，给打井队送上红色锦旗，上书"情系革命老区人民，攻坚制胜打井英雄"16个金色大字。

在仪式上，壮族山歌唱了起来，会鼓敲了起来，扁担舞跳了起来。

每逢节庆之日或重大活动，会鼓是必不可少的，如今在这甘泉奔涌的大喜大庆的日子里，怎能没有节庆会鼓的洪亮之声呢！

山歌声、鼓声，浑圆厚重。鞭炮声响彻八方。

在这大石山区，最美的旋律是山歌，最动人的舞蹈是扁担舞。

山歌既热烈奔放，又委婉缠绵，歌中有山里人火一般自由的灵魂，有得甘泉而饮的全部欢乐，更有对美好生活的向往。

扁担舞，可谓广西民间舞蹈一枝花。舞者手拿一根扁担，模拟劳动，时上时下，时左时右，或站或蹲，转身跳跃。姑娘和小伙像踩着大地的琴键，脚下动作轻盈，节奏明快，时而踏歌而舞，时而绕身而过，伴着欢声笑语，山里人的千恩万谢尽在歌舞中……

时光属于现实，属于人生。

时光可以创造一切，时光也可以消逝一切。珍惜时光的人，时光也珍惜他。善待时光的人，时光也善待他。

广西地矿建设工程有限公司队员们的时光，没有虚度，没有抛入尘嚣。看那流动的甘泉，如同时光，来去匆匆，却功德无量。

第五章　真心英雄

把握生命里的每一分钟，

全力以赴我们心中的梦。

不经历风雨怎么见彩虹，

没有人能随随便便成功……

——歌曲《真心英雄》

追梦少年黄大年

贵港六队黄大年，
天上闪亮一颗星。
赤子丹心为国民，
时代楷模照汗青。

——广西山歌

何谓英雄？

摧锋于正锐，挽澜于既倒，可谓英雄。

顶天立地，救国救民于水火，可谓英雄。受命于危难，敢于担当，可谓英雄。

平凡岗位，默默奉献，可谓英雄。平凡人们，负重前行，挺身而出，可谓英雄。

抗旱救灾前线的广西地质人是英雄。

位于贵港的广西第六地质队成立于 1954 年，半个多世纪以来，栉风沐雨，筚路蓝缕，功勋卓著，曾先后被地质矿产部授予"大庆式企业"，被自治区授予"工业学大庆先进企业"。

广西第六地质队是综合性的地质队伍，找矿是其主打项目，找水打井亦具有实力。广西第六地质队有部门专门负责打井，总工办负责实施。广西"十二五"农村饮水安全工程找水打井和广西贫困地区精准扶贫找水打井，广西第六地质队由陈人飞副队长率领，2013 ～ 2015 年，踏遍桂东南的青山，走遍 100 多个村屯，施工成井 99 口，日总出水量 25651 立方米，解决 130966 人的安全饮水问题。

2014 年，广西地矿局召开的广西"十二五"农村饮水安全找水打井劳动竞赛先进表彰会上，广西第六地质队荣获先进集体称号，李国新、王彤、余福光 3 人荣获"先进个人"称号。

尤其值得一提的是，这支队伍培养了诸多杰出的地质人才。我国著名的战略科学家、时代楷模黄大年，就出自该队。

黄大年曾是广西地质人，他曾经在广西第六地质队做过物探操作员，也曾在广西地球物理勘察院开办的物探培训班接受过培训，广西的大山，洒下了他辛勤的汗水，留下了他坚实的脚印。

他用毕生的追求，宝贵的青春和生命，诠释了中国地质人的"三光荣""四特别"的战斗精神。

黄大年是中国科学家的骄傲，也是广西地质人的骄傲。

笔者在贵港采访时，瞻仰了黄大年同志的事迹展览。展览分为大年精神、光辉起点、科研工作、追忆缅怀四个单元，从多个角度展示了黄大年的生平事迹。

评论一个专家，按照通常的习惯，会很自然地谈起他有哪些成就，这些成就的价值几何，对国家的贡献几何等。但是，仅仅局限于这个层面的评价，是远远不够的。一个被誉为时代楷模的专家学者，一个习近平总书记号召全党全国人民学习的科学技术工作者，肯定有他独特的文化气质和精神。

一个大写的人，我们应该看到他的社会担当，应该看到他心灵深处最隐蔽、最柔软的地方。一个人的思想、人格、学养、才情、志趣等，决定其成就的大小高低，笔者在这里想多谈些广西第六地质队的追梦少年黄大年。

少年强则国强，少年智则国智，少年文明则民族文明。

黄大年的父母都是地矿系统的员工，他属于地质子弟。这里顺便说一下，地质队里，有不少地质家庭，有的夫妻是地质人，有的父子是地质人，有的甚至全家是地质人。笔者在采访时问为什么会这样，他们回答主要原因是家庭的影响和教育，家长经常到野外调查，回到家中兴奋地谈起此行的发现，子女耳濡目染，受到熏陶，对地质这个行业渐渐有了感情，这个感情是对祖国大地的深情，于是地质的"三光荣"传统精神有了传承。

与许多地质子弟一样，少年时的黄大年也会随着父母的转移，居无定所，学无定校，先后在南宁、桂林、罗城、贵港等地读书。

从小就在多个地方学习和生活，对人的成长是有好处的，这可开阔人的眼界，增长见识。

一个人生长的环境，会影响他的一生。如含羞草，在其他地方就是一棵草，而在西双版纳、非洲热带雨林，含羞草可以生长为一棵大树，叫雨树。树犹如此，何况人乎？

知识改变命运，知识改变世界。1975 年 10 月，年仅 16 岁的黄大年考试进了广西第六地质队，成为一名物探操作员。

笔者在广西地球物理勘察院采访时，见到了石科院长。石科院长个子不高，壮壮实实的样子像个举重运动员。他介绍："我们单位经过 3 次更名，1958 年 10 月成立时名为广西地质局地球物理探矿大队，1966 年 2 月更名为广西地球物理探矿队，1993 年更名为现在的名称。"

笔者："60 多年的历史了，听说你们的物探在广西是有传统优势的。时代楷模黄大年就是做物探的。"

石科："黄大年曾经在我们这里进行过短期培训。"

笔者："有档案材料吗？"

石科："我们存有他培训结业时的自我鉴定表。"

笔者："可以复印一份给我吗？"

石科："当然可以。"

于是，石科叫人给我复印了一份。

笔者一看这张《磁法操作员学习班鉴定表》，这是黄大年参加培训的自我鉴定手迹，弥足珍贵。

表格填写如下：

队别：第六队

姓名：黄大年

年龄：16

性别：男

学习时间：29 天。

自我鉴定：在物探队的直接领导下，本人在 20 多天的学习中基本能做到积极参加政治学习，参加义务劳动，基本能做到勤学多问，努力完成好老师布置的作业，掌握了一些仪器特点及其性能和操作。但由于自己学习得还很不够，在纪律上有时欠遵守，总的说来自己的学习生活一般还过得去。

小组意见：同意本人意见。

落款：二组组长李绍修（19）76 年元月 26 日。

学习班意见：学习认真，做到勤学肯问。

落款：（19）76 年元月 26（日）。

俗话说，人看孩提马看蹄。我们从少年黄大年亲笔书写的字迹工整、一丝不苟的自我鉴定中，得到了一些他成长的信息：作风严谨，谦虚好学，对自己要求严格。这正是科学家的基本素质。可见，黄大年后来在地球物探领域的巨大成就，是日积月累的。

黄大年当年的技术主管、带班师傅关瑞清说："这孩子天生是有追求的人，明知是苦，但勇于挑战，注定与物探结缘。"

黄大年扛着探测仪器走在容县的莽莽群山中，心里必定充满了自豪。他不怕吃苦，乐于吃苦，他曾经跟师傅说过，搞物探虽然很苦，但是人要吃苦才能有出息，才能增长知识和才干。

刀在石上磨，钢在火中炼。艰苦是事业的磨刀石，艰苦的生活和工作能磨砺人的坚强意志，激励人的斗志。黄大年的父亲曾对他说过，年轻人要吃得苦，今天多吃苦，明天才能有出息，吃苦对人的成长很有益处。

广西第六地质队物探工程师郭桂年回忆说，队里根据黄大年提供的原始数据进行验证，效果都很好。他经常抽查物探资料，黄大年整理的资料都井井有条、一丝不苟、一目了然，觉得这个年轻人确实不简单。"知之者不如好之者，好之者不如乐之者"，黄大年是从骨子里热爱本职工作、爱好物探的，并且乐此不疲。

罗马不是一日建成的，英雄也不是一日成长的。黄大年在广西第六地质队曾参加广西罗屋矿区的"找矿大会战"，创下一天高质量观测 160 个点的记录。

1976 年底，黄大年获得了"工业学大庆先进生产者"称号，而此时黄大年在广西第六地质队仅工作了一年。

作为广西第六地质队的物探操作员，黄大年首次接触了航空地球物理，并深深地爱上了这个职业，这也为他后来从事的研究领域奠定了一定的基础。

16 岁的物探操作员黄大年，每天扛着磁秤仪野外作业，记录不同地点的磁力变化和数据，探测铁矿的位置和规模，分析地层、计算参数。一天上百个测点，必须走成一条直线，即使跋山涉水，即使穿过割人的甘蔗地，即使踏入泥泞，也绝不允许绕道。

黄大年做物探的时候，曾经受过伤，经历过危难。回忆起这段物探操作员的经历，他曾说："那时工作充满危险，为采集数据，进行有人机操作，有的同事还牺牲了生命。我额头上的疤痕就是那时留下的。"

几百年人家无非积善，第一等好事还是读书。

在广西第六地质队老同志的印象中，黄大年爱读书，是个书痴。他一有空就捧着书本，下雨天无法外出作业，埋头读书就成了他的规定动作，读起书来如饥似渴。

黄大年在贵县附城高中（现贵港市港北区高级中学）读书时，学生需要白天学工、学农、搞军训拉练，很少上文化课，黄大年只能利用晚上时间学功课、做作业。学校每期出的墙报，大多由他一手包办，同学们问他为何，他说可以趁机学习文化、练习书法。

当时，他的班主任朱永昌打心眼里喜爱这个勤奋好学的学生，他说："白天劳动很累了，每天晚上还坚持学习，黄大年同学不简单啊，有出息！"

书是知识的源泉，智慧的结晶，是人类进步的阶梯。少年黄大年每打开一本书，就像是聆听老师的教诲；每打开一本书，就像推开了一扇认识世界的窗户，走进了一片崭新的天地；每打开一本书，尤其是那些世界名著，就感受到了作者博大的胸襟和高尚的灵魂。

有了书籍的陪伴，寒冷的时候，书是温暖的火盆；炎热的时候，书是一阵凉风；孤独的时候，书是亲密的伙伴；天黑的时候，书是一束明亮的光；饥饿的时候，书是一碗香甜的玉米粥；口渴的时候，书是一杯馨香的茶。茶饭养身，好书养心。

他捧着书，忘记了时间，忘记了身在何处，直到吃饭时队员们叫他，他才从书的世界里回到现实中来。

人和人的差异，其实就在这业余时间，一天不学自己知道，两天不学别人知道，三天不学所有人都知道了。水为什么能够把石头滴穿？一是时间的长久，二是水的重力，三是最重要的，那就是目标始终如一。如果今天这里滴一滴水，明天那里滴一滴水，就是一万年也滴不穿石头。正如艾青所说，蚕在吐丝时，没有想到会吐出一条丝绸之路。

黄大年有一个木桶，桶里不是装着衣物，而是满满一桶书。他每次从工地回到贵港，就会带些书来。技术主管关瑞清评价他，真是好苗子，待人诚恳，懂礼貌，爱学习，舍得下力气，肯动脑子，尊敬师傅。他读书面很广，除了物探方面的专业书籍，还有小说类、物理类、工程学等书籍。做物探有时租住农家，有时住临时工棚，白天背仪器到野外勘探，晚上回到住处还要制图、记录数据。那时，乡村还没有通电，他每天晚上都坚持在煤油灯下学习到深夜。

机遇总是留给有准备的人。1977年国家恢复高考，勤奋好学的黄大年顺理成章地考上了长春地质学院。他在给同学的毕业赠言中写道："振兴中华，乃我辈之责。"

1988年，黄大年在入党志愿书上写道：人的生命相对历史的长河不过是短暂的一现，随波逐流只能是枉费一生，若能做一朵小小的浪花奔腾，呼啸加入献身者的滚滚洪流中推动历史向前发展，我觉得这才是一生中最值得骄傲和自豪的事情。

2009年，黄大年响应祖国母亲的召唤，毅然放弃英国优越的条件回到祖国，作为国家"千人计划"特聘专家，他是第一位从国外回到祖国的世界级战略科学家。回国后，他取得了一系列重大的科研成果，创造了多项"中国第一"，为我国"巡天探地潜海"填补了多项技术空白，以他的团队研制出的我国第一台万米科学钻机——"地壳一号"为标志，配备自主研制综合地球物理数据分析一体化的软件系统，使我国的深部探测能力达到国际一流水平，局部处于国际领先地位。国际学术界惊叹中国正式进入"深地时代"。

2017 年 1 月 8 日，黄大年积劳成疾，不幸因病去世，年仅 58 岁。

2017 年，黄大年被追授"全国优秀共产党员""时代楷模"等称号。习近平总书记对黄大年同志先进事迹作出重要指示指出，黄大年同志秉持科技报国理想，把为祖国富强、民族振兴、人民幸福贡献力量作为毕生追求，为我国教育科研事业作出了突出贡献，他的先进事迹感人肺腑。

习近平强调，我们要以黄大年同志为榜样，学习他心有大我、至诚报国的爱国情怀，学习他教书育人、敢为人先的敬业精神，学习他淡泊名利、甘于奉献的高尚情操，把爱国之情、报国之志融入祖国改革发展的伟大事业之中、融入人民创造历史的伟大奋斗之中，从自己做起，从本职岗位做起，为实现"两个一百年"奋斗目标、实现中华民族伟大复兴的中国梦贡献智慧和力量。

2017 年度感动中国人物黄大年的颁奖词：作别康河的水草，归来做祖国的栋梁，天妒英才，你就在这七年中争分夺秒，透支自己，也要让人生发光，地质宫五楼的灯源自前辈的薪传，永不熄灭。

黄大年的人生经历告诉我们，人的目光和眼光是有很大区别的，只看到眼前事物的叫目光，看到远方的叫眼光。人要具备眼光，必须站在一定的高度，这个高度就是理想，就是抱负，就是志向。

一个人有了眼光，就有了远大的目标，胸怀就变得宽广，他的世界便有了光和热，这光和热照亮了他前进的方向，使其朝着远方的目标坚定地、一步一个脚印地走下去，百折不回，终至成功。

古人云，立志圣贤，乃为圣贤；立志豪杰，乃为豪杰。

黄大年的人生经历告诉我们，人要走向成功，必须从点点滴滴做起，从最近的目标做起，从本职工作做起，给生命之水不断加温，最终让生命沸腾起来。

黄大年的人生经历告诉我们，一个人要想有所作为，唯有艰苦奋斗。市场经济，物欲横流，艰苦奋斗这个词在一些人的眼中似乎已经过时，但是正如"三光荣""四特别"是地质队伍的光荣传统一样，艰苦奋斗一直是中华民族的优良传统美德。我国古代传说中的精卫填海、夸父追日、女娲补天、愚公移山、大禹治水等，都生动体现了中华民族的奋斗精神。一个没有艰苦奋斗精神的人，难以有所成就、难当大任，一个没有艰苦奋斗精神的民族，难以兴旺发达。

黄大年的人生经历告诉我们，当一个人把职业和事业联系在一起的时候，他就不仅仅为谋生而工作，而是真正喜爱这个职业，不在乎这个职业会给他带来多少利益，而是当作自己终生为之奋斗的事业投身其中，乐此不疲。

工作一般分为三个境界，最初级的是做工，其次是把工作当作职业，最高境界则是把职业升华为事业。把工作当作事业，就有了敬业精神和专业水平，就有了热情和积极主动性。不论在工作中遇到什么挫折，不管是顺境还是逆境，都能以乐观平和的心态来对待，担起责任，不抛弃不放弃。把工作当作事业，就很明白自己想要什么，很清楚自己来到这个世界究竟要做些什么事情，并且认真地去做这些事情，内心就会获得平静和充实。

当代著名哲学家周国平说："在商场里，有的人总是朝人多的地方挤，去抢购大家都在买的东西，结果买了许多自己不需要的东西，还为没有买到另外许多自己不需要的东西而痛苦。那些不知道自己究竟想要什么的人，就生活在同样可悲的境况中。"

事业不一定轰轰烈烈，但一定是扎扎实实的。事业是一份让你始终对它充满眷恋的工作。把工作当成事业，会使人在工作中不断创造社会价值的同时也创造自己的人生价值，并享受这种价值给自己带来的精神满足感和成就感。

当工作成为了事业，人就会对生活和工作充满了梦想和渴望。工作已经融入生命之中，工作的过程成为一种美妙的享受，看似平淡的一切变得色彩斑斓，人就会在工作中不断探索，不断创新，锐意进取，苟日新、又日新、日日新，在一个又一个实践中体会与众不同的快乐，品尝幸福的滋味。

当工作变成事业时，生活和工作不再是充满奔波之苦，而是充满喜悦和自豪。现在有些年轻人对自己的工作不满意，是因为他们选择工作的标准是"钱多事少离家近，轻松体面不操心"，然而世界上哪有这么好的事情呢？

一个简单的道理：若要享受，必先承受，没有承受，何来享受？

许多人是抱着做金子的愿望而追求成功的，但是很多人没有成为金子，却成了沙子。没有成为金子而成了沙子，也未必不是一种成功，因为金子有金子的价值，沙子有沙子的作用，它可以铺路、架桥、作建筑材料……

斯人虽已逝，风范永留存。

地质六队战斗力

山区水源实在少，

历经艰辛日夜熬。

不要人夸本事高，

只求灾区说声好。

——广西山歌

2019年7月16日，笔者在少年黄大年战斗过的广西第六地质队采访，接受采访的有水文地质工程师王彤、物探工程师李国新、钻探工程师叶湘，他们3人的胸前都佩戴着党徽。

王彤说："我们在广西'十二五'农村饮水安全工程中一共打了99口井，接着就是广西贫困地区精准扶贫找水打井，虽然项目不同，但做的事情都是一样的。像上了发条的钟表一样，一直没停歇。现在搞百色市德保县饮水安全巩固提升工程，共有6个片区。我的体会是，找水不仅是重体力劳动，也是重脑力劳动，白天进行地质调查，晚上把调查情况汇集整理出来，然后查阅图件、核对数据，分析判断，报给自治区的主管领导。"

王彤出生于博白县旺茂镇农村，1990年毕业于郑州地质学校物探专业。他主管物探，每个点都要现场参与。白天各村屯跑调查，晚上回来查资料，整理卡片。困了就喝点提神的绿茶或饮料顶一下。

他父亲 70 多岁了，年迈多病，曾脑梗中风，头脑有点不清醒，走出门就不知道回家的路。老人家有一次失踪了，讲客家话别人听不懂，朋友、同事、同学帮着找了回来。

有一次他在工地施工时，哥哥突然来电话说，父亲晕倒了，但他走不开，只能干着急，好在电话又打过来说恢复了，他这才放心。

2017 年，父亲病逝了。对于父亲，他内心很愧疚，自己大多时间在工地上，父亲全靠哥哥照顾。

自古忠孝难以两全，为国尽忠，无法为父尽孝，成了他心中挥之不去的遗憾。他对笔者说起这些时，脸上写满了无奈。

叶湘说："我毕业于广西地质学校，家里三兄妹，我是老大。我在子弟学校读书，当时想着早点出来参加工作，为家里分担一点经济负担，初中毕业后没有读高中考大学，而是考了技校。我是地质二代，爸爸是钻探工，后来在车间工作。"

叶湘谈起广西"十二五"农村饮水安全工程找水打井、广西贫困地区精准扶贫找水打井，在那段时间里，印象最深的就是没有白天黑夜，没有分内分外，有事大家一起做，有时忙到凌晨鸡打鸣。

李国新介绍，六七月酷暑，衣服穿得多了就会出汗，捂得像蒸笼，做物探得背着水走，挂着水壶，东西有十多斤重。即使穿长衣长裤，手臂和脖子总得露出来，玉米地、甘蔗地、巴茅芒刺地，有的荆棘丛生，有的灌木长刺，尽管戴着手套，手脚仍然被割破了皮。那些玉米叶子、甘蔗叶子躲也躲不开绕也绕不过，遇到牛粪臭水坑也得踩上去，因为物探测量必须走直线。

一条剖面测下来，经常是脸上、脖子和手臂被割出一道道血痕，那些叶子上有毛刺，皮肤被割伤后又痛又痒，非常难受。

石灰岩和碎屑岩地区，地形标高，洼地多，下雨涝，雨季的水存在水柜里，到旱季两三个月就没有了。水少了不够用，水多了就成死水长绿苔。这样的水不卫生，人喝了容易得病，于是他们带了大蒜随时嚼。

广西第六地质队的成井率是参加找水打井的所有施工队伍中最高的，达到70.7%。

百色市德保县马隘镇，地处大石山区。施工点在山里，很多地方不通车，他们把设备拆散了，用人工搬运，当地的年轻人大多外出打工了，但施工时村里也会派人过来帮忙。群众都很热情，村民们用玉米酒招待他们。

开工的时候，当地的老百姓和村干部，紧紧地跟着他们，围在他们身边转，每天的进度，他们比谁都清楚。他们还给队员们送来玉米粥、端来茶水，那是多么宝贵的水和情义啊，他们那么渴望打出水来，这给了队员们很大的心理压力。万一找不到水源，再厉害的人、再好的设备也没有办法。到那时，该如何是好？

贵港市覃塘区樟木乡中团村陈村屯，这个村庄地处平坦的低洼地，两年打了13个干孔。地表水化肥、农药残留以及养殖业的发展造成水源污染，水质不达标。

他们分析研究地质构造，寻找可能的水源。找水，工作细致很重要，要多访问老乡，如果低洼地没有水源，其他地方比如山上有没有？还要重点关注裂隙找水构造、小构造、微环境。调查发现山上有溶洞，他们冒险钻进去，进行现场踏勘、水文调查、物探测量，用罗盘测水流的走向，用手电筒照明，从安全角度考虑，还在溶洞中点燃蜡烛，如果洞里缺氧蜡烛就会熄灭。从半山腰钻进去，很多地方得爬着才能进去，出来后身上都是泥，里面很闷，浑身都被汗湿透了。所幸调查发现水量很大。于是在半山腰打井，水涌出来了，祖祖辈辈生活在那里的2000多老百姓终于用上了清洁卫生的甘泉。

2016 年初，来宾市 5200 亩田地灌溉每小时需水 350 立方米，他们在甘蔗地边打出一口井来，满足了甘蔗高产高糖项目用水的大需求量。

在山里施工，晚上睡工棚时都不敢熄灯，怕有毒蛇和毒虫。

山里没有网络，手机没有信号，双休日、节假日都在野外，国庆节黄金周的假期都没有享受到……

尽管如此，他们依然很乐观，打出水来的那种开心，那种满足感、成就感，只有身在其中才能真正体会得到。修桥铺路打井，那是积德行善啊。

笔者问叶湘："你搞钻探，体会最深的是什么？"

叶湘说："钻探施工工艺要求严格规范，第一个是严格选位，第二个是严格成井工艺，工作必须细致细心，钻进钻杆要注意观察岩芯、钻杆的情况，记录多少米有泥有沙，观察蛛丝马迹。"

"钻井一般多长时间能够抽清？"

"说不准，有的地方几小时就能抽清，有的井一个月都没有抽清，什么情况都有。记得在贵港市清塘区民族中学，水质受到污染，地表水不卫生不安全，我们钻井的时候，请局找水办的黄桂强主任来指导。黄桂强主任见岩芯泥巴杂着石头，说岩溶发育，充填往深度打，估计水会清。检查后，岩溶是发育的，这个孔打到了 100 米深，井位在学校的球场周边，不好测量，很麻烦，而且路面用水泥硬化了。我们当时物探测量拉了几条线，测量发现有异常且规律，三条线东西向北东向，电测结果显示有地下水，根据物探结果，钢管下了很多，打到 150 米，属于很深的水井了，是深度裂隙水，花了一个多星期才抽清，化验结果达到饮用水标准。这个例子反映了钻探要细致，水文调查和物探也要细致，这台钻机是广西五一劳动奖章获得者张文庆机长带领机组负责施工的。这口井日出水量为 20

立方米，附近村屯的饮水基本够用了。"

广西第六地质队是一支能打硬仗的队伍。

牛往前拱，鸡往后刨，你有罗家枪，我使关公刀，各有各的本事，各有各的能耐。王彤团队精神面貌好，负责综合；陈军细心，负责抽水试验、编录；肖海勇反应灵活，负责查找资料，联络协调；黄少耀性格沉静，负责整理资料；庾善县是电脑高手，负责数字化……大家各司其职，忙而不乱。

俗话说，兵强强一个，将强强一窝。广西第六地质队找水打井项目有个冲锋在前的负责人陈人飞。他有大哥般的硬朗，也有保姆般的柔软。

有一次，在某个村屯，辛辛苦苦探测到一个地点有水源，定好打井的孔位。如果成井，验收合格，就可以建泵房。按照规定，这是村民的地，要征用的话必须经过地主人的同意。在当地村干部带领下，队员们去跟这块地的主人商量，但地主人横竖就是不同意在他的地里找井。

眼看前功尽弃，时间和劳动打了水漂，队员们感觉很无奈。

陈人飞安慰大家："强按牛头不喝水，人家不乐意，勉强不得。我们打井是惠民工程，是为群众服务的，要群众满意才行，不然以后更麻烦。这个地点不合适，我们再找嘛，不能在一棵树上吊死。必须打出群众满意的水井，孔位虽然定好了，也要人家接受才行，这是准则。"

大家只好重新来。

2014年6月，他们在贵港市覃塘区樟木乡中团村陈村屯，在前人打出的6个干孔的基础上，结合新靶区的曲线幅度和异常，进行反复对比分析，根据异常突变和微地貌定出孔位，终于在钻探孔深121.6米时成功打出水，日出水量达360立方米。

水泵安装移交，群众搭起戏台，锣鼓喧天，鞭炮齐鸣，舞龙舞狮，唱起了山歌：

山中老虎美在背，

林中百灵美在嘴，

村庄美在有水井，

甘泉美在好滋味。

青春在战斗中闪光

月亮喜欢彩云追，

狮子喜欢麒麟陪，

理想事业双翅膀，

展翅东风满天飞。

——广西山歌

昆虫蜕皮是为了生长。一些昆虫在成长过程中，必须要蜕掉之前窄小的那层皮。蜕皮后继续发育不断成长，又会进行新的一轮蜕皮。

每一轮蜕皮，都会带来剧烈的疼痛。只有勇于面对这些疼痛，才能不断成长。

研究表明，在太空中即使有土壤、空气、阳光和水分，种子播进土里，也无法发芽和生长。为什么呢？因为处于太空中的土壤没有重力，播进土里的种子，土壤不能给它压力，种子由于没有外界的压力，也就无法形成内在的压力，无法发芽生长。

而地球的重力使种子获得压力，播进土里的种子才能挣脱土壤压力，发芽生长。

人也一样，有压力，才会有担当；有担当，就有成长。铁人王进喜说得好："人没压力轻飘飘，井没压力不出油。"

找水打井，就是广西地质人的担当，同时也伴随着年轻人在战斗中成长，他们的青春在战斗中闪光。

2019年7月15日，笔者到广西地矿建设集团有限公司采访黄连芬。

她看上去很结实，面色比一般的女性稍微黑一些。

笔者问她："听说你不仅干男子汉的活，还钻溶洞，下坑底，哪来那么大的胆子？"

黄连芬说："我家是宾阳农村的，没有城里人的那种娇气，从小就吃苦，习惯了。钻溶洞勘查，起初也害怕，后来就习惯了。跑野外也不甘落后。我2004年从华北水利水电大学毕业，现在职称是高级工程师。这个专业，整体就是与岩石和土打交道，我们当时进行广西'十二五'农村饮水安全工程，任务区在马山县，那里的地质有碎屑岩也有岩溶石灰岩，根据地质物探结果，确定靶区范围为500～1000米的直径。我那时是技术员，负责水文地质调查，水文图是1：50000的，按照镇屯调查，调查地下河、天窗，还要调查当地的人口以及缺水的原因。有的地下河有水取不上来，地下水埋藏很深，如果取水只取表层水而不是深层水，水质就不达标，饮用水就不安全。"

"做地质调查，你印象最深的是什么？"

"印象最深的是有一次钻溶洞，在马山县古美村。溶洞六七十米深，很陡。当然，是由熟悉情况的村民带着下去的，不然我们也不敢轻举妄动。钻进去后，下面黑乎乎的，心里还是有点害怕，但这是我的本职工作，怕也得爬下去。我的腰间绑着绳子，久不久拉一下绳子，好让上面的人知道我没事。下到里面，和上面联系不上了，手机也打不通。我们用地质罗盘和皮尺确定走向，投影方位，测量了角度、深度、距离等，上来后经过计算确定地下河水的位置，打井就比较有把握了。"

黄连芬说起物探，各种辛苦都经历过，一言难尽。不管刮风下雨大太阳，都得去野外，当地群众待她们很好，肚子饿了群众给她们吃的。印象最深的是2013年中元节的前一天，当地习俗是家家户户大清早爬到山上摘桐油叶，用桐油叶包好褡裢粑粑蒸熟，然后放在堂屋中的大方桌上，祭祀亲人。

她在家时，家乡也过中元节，见到采叶的人们，触景生情，想起了自己逝去的亲人。当地村民见她们不能回家过节，就送褡裢粑粑给她们吃，说："你们吃了，也算在这里过节啦。"

搞地质调查，做物探常常一天要跑好多个乡镇好多个村屯，女子的体力比男子差一些，但体力跟不上也得跟。有些地方水是从半山腰冒出来的，要爬上山去测量出水量，结合地形地貌和地质条件以及水文资料综合分析，这样心里更有谱。

笔者问："你在野外最怕什么？"

"我最怕蛇。总是穿着长衣长裤封闭起来，一是防蚊虫叮咬，二是防蛇，虽然我们备有蛇药，但万一被咬，那也是很麻烦的。"

"你常年在野外，家里孩子怎么办？先生是做什么工作的？"

"我先生也是做地质工程这一行的，他老家是河南的。他跑外面比我还多，也是野外调查，我们是大学同学。他也在广西的地质部门，刚结婚那几年，他一年有10多个月在野外。我们同在南宁，却聚少离多。孩子送回老家给外公外婆带，到2岁多才接回南宁上幼儿园，但是得全托。有时没空去接，就托朋友去接回来。"

她说做地质这一行，知识更新太快了，要不断学习业务知识才能跟得上项目的要求和时代的要求，没有一劳永逸。有了理论，加上长时间的实践，野外经验丰富了，工作经验也有了，理论和实践渐渐就统一起来了。

参加了广西大石山区人畜饮水工程建设大会战、广西"十二五"农村饮水安全工程，这些年业务能力提高得很快。如许多地质现象，书上看到的和自己在现场看到的不一样，体会更加深刻，理解也更进了一层。

陆游说得好，纸上得来终觉浅，绝知此事要躬行。

广西地矿局的年轻人在几次找水打井战役中，来不及欣赏沿途的风景，他们以事业为基石，一路苦战，在战斗中敲出理想的火花。广西二七二地质队、广西北海水文工程矿产地质勘察研究院等单位，有一批2012年、2013年的毕业生，根据工作需要，他们投身找水打井战役，做了一名地质战线的新兵。

毕业那天，他们拿出自己平时舍不得穿的衣服，集中在学校操场上拍毕业纪念照，在镜头前展现灿烂的笑容。

拍完了毕业照，他们打点行装，离开校园。

无数次回眸这个伴随他们青涩时光的母校，回忆四年来的点点滴滴，依依不舍……

别了，熟悉的校园。别了，亲切的教室。在这里，他们恨不得把头埋进课本，把老师的谆谆教诲装进衣兜。

别了，敬爱的老师，感谢你们。同学们的不断成长、成熟、成功，就是你们所有辛劳的回报，就是你们的美好愿景。

别了，亲爱的同学。同窗的珍贵友谊，历历在目。

昨日校园相聚，今日校园分别，明日将穿上地质工作服，在烈日下风雨中作业，在轰然鸣响的钻机旁守候。此去一别，不知何时才能相会。

告别了金色的学生时代，新的征途启程了。

未来，将会是什么样？

地质工作，已经成为诗和远方的一种诱惑。

一路走，听见大山的呼唤。

思绪如涟漪，一圈圈地扩散开来……

太阳，每天都是新的。心中有阳光，脚步有力量。

万重大山远，千里流水长。山路弯弯曲曲，一直伸向远处……

2013年7月2日，有的同学刚到广西地矿局报道，3日就去了一线，分批前往广西"十二五"农村饮水安全工程指挥部报道，接受任务。严格说来，他们还是实习生。

这有些类似当年的黄埔军校，许多学生刚毕业甚至未毕业，就投入到北伐的战火硝烟之中。

他们是黄春耀、秦永才、朱骏灵、徐涛、唐甫、韦义华等人。

朱骏灵是个地质二代，他的父亲朱真是广西地矿局有名的专家。

朱骏灵说："广西'十二五'农村饮水安全工程马山组项目，我是2013年7月去的。当时刚从桂林理工大学水工环专业毕业，毕业证书还没有领，毕业典礼也没有参加，就去找水打井工地了。当初报考这个专业也是听了父母的意见，父亲说这个行业有前景，国家需要这方面的人才，说得更直白一点就是不愁将来没有饭吃，但是想做好就不容易了。我的师父是张作清副总工程师，大二时我来这里实习时跟过他。2011年暑假我还跟着覃宁魁副总工程师在田东大石山区会战实习过。之前我父亲说，你跟着队伍去见识一下、锻炼一下，有些感性认识也好，免得什么都不懂，学校里面接触不到这么多的，如调查、编录、做抽水实验等，学校里老师只会带你去看一下。师父带着我，连司机一起才4个人，最高峰的时候有14台钻机同时工作，有的抽水，有的打钻。感觉日子是在车轮上面过的，从一个点到另一个点，编录、布孔，对于一个刚毕业的学生来说就是最好的学习机会。水工环、水文地质调查、物探、钻探、水化学（取样化验）、岩芯观察等基本地质过程都学到了，根据这些就可以写论文了，但太忙没空写，2018年年底才评上工程师。这些与水文地质有关的知识多是那时学的，涵盖面比较广。虽然每天不停地跑，但感觉很充实。"

朱骏灵的父亲朱真有意让他在前线摔打成才，对他说："你趁着现在年轻，要在学中干，干中学。"

朱骏灵把办公器材如电脑、打印机等放在办公室兼卧室里，这是一间租住的简易民房，里面只有一床一桌三张凳子。晚上对查点记录过的地方及时整理，做好总结，还要听张作清副总工程师布置第二天的工作，总是要 10 点多以后才能休息，周而复始。看见干孔，心里就打鼓，觉得人家已经钻探过了，我们还能打出水来吗？

张作清根据多年的经验，总结出"先找石头后找水"的方法，在石灰岩地区，看到石灰岩就去寻找是否有水文溶蚀现象。张作清教他先以水文为主，再做物探，而不是先圈定靶区再做物探。如此这般，有的放矢，效率就会高很多。

朱骏灵的父母都是干这一行的。地质二代的好处是有"家庭教师"，随时可以给予指导。父亲告诉他，石灰岩管道的走向是随意的，不像碎屑岩那样在裂隙中走水，山拱起来一点水就跟着高一点，石灰岩岩溶发育，如果有水的话一片都有水。

他记得张作清副总工程师带着他们，第一批钻了 12 个孔，全部命中，抽水试验，轮流值守几十个小时，等待抽清。虽然艰苦，却大有收获，打出水后当地人欢喜，自己也快乐。

张作清副总工程师的水平很高，他把大石山区找水规律摸索出来，在复杂的剖面测深曲线，后来打一个中一个。他对年轻人耳提面命，因材施教，大伙跟着他都大有收获。

黄春耀 2012 年大学毕业，一年以后，担任浦北县福旺组组长，2013年调到武宣、平乐两个指挥部负责教学如何使用新设备——智能型全自动天然电场选频找水探矿物探测量仪。

他说："做工程从某种意义上说，就是拼设备，这次是鸟枪换炮了，新设备带来高效率，比起老式探测仪来，这个'神器'不但轻便节能，而且操作简单、准确率高。"

从他们身上，笔者看到了老一辈地质人的优良传统被这些"80后""90后"发扬光大，生生不息。

广西地质勘查总院的徐涛，2013年刚毕业就到了广西地矿局，跟随杨灿宁、包日荣、张小鸿等前辈到大新县投入广西"十二五"农村饮水安全工程。

"开始，我以为这里有峰丛洼地、峰丛谷地、孤峰残丘平原等地形地貌，岩层产状多以水平层状为主，找水打井的条件应该不差。不料开始工作的多个钻井中居然没有一个成井。"

一个个瞪眼的干孔，向他示威，似乎警告他、教训他：年轻人想得太简单了。你书生气十足，不在实战中磨炼，是不可能真正了解地质工作的。

他不得不重新认识当地的地形地貌。这里岩层属于碳质灰岩，而且含有许多细粒岩粉，在碳质灰岩地区找水，谈何容易。

他跟随老前辈们另辟蹊径，在裂隙发育的岩层寻找裂隙水。

他们顶着炎炎烈日，来到了大新县宝圩镇板宙屯。这里山势陡险峻拔，山体的裂隙如刀砍斧削断裂开来，这大裂隙给一行人带来了希望。

但问题又来了，此前这里曾做过高密度测量，山脚不远处就有一个干孔，那分明在告知他们，这里打不出水。

他说："不到黄河心不死。我们爬上百米多高的山腰，登高望远，看清了大裂隙的发育方向，利用罗盘、GPS和水文图，准确定出延伸走向，测出了岩层的产状，用地质锤敲下岩石仔细观察，原来山体的岩层是厚层状的白云质灰岩，还有零星发育的小溶蚀面，妥了！这道裂隙正对着山脚，估计有地下水。下山后，我们结合物探资料，在确定的点位做好标记，立即让钻井移到这个点来。"

事实证明了他们的判断，在这个位置下钻，打出了每小时出水量为

15 立方米的甘泉。

徐涛说："经过生疏的 6 月、迷茫的 7 月、黑色的 8 月，终于在 9 月迎来了 2013 年大新找水打井项目的尾声。一次次的困难没有击垮我们，反而让我们对大新的水文地质条件有了更深入的了解，迎来了一口口水质清澈的水井。"

广西桂林水文工程地质勘察院的丁凯，2010 年 7 月毕业于桂林理工大学，一直参与找水打井项目，连续战斗了 8 年，他就是伴随这个项目的开展而成长的。他不仅个子高，职称也高，2018 年晋升高级工程师。

找水打井是一场没有硝烟的战争，从黄连芬、黄春耀、徐涛、丁凯等年轻人的身上，笔者看到老一辈地质人对年轻人的传帮带，看到老一辈地质人对年轻人的呵护和期待，看到战友的情谊，看到青春在找水打井战斗中闪光。

他们之间的氛围和气场，总有一种硝烟散后的宁静，用一句流行的话语来说，他们是"硬核"出击。

他们互相激励，一起苦战，一起成长，一起走向诗和远方。

有女要嫁地质郎

地质阿哥好雄壮，

长相生猛热心肠，

上山好比虎爬岭，

下水好比龙过江。

——广西山歌

"有女莫嫁地质郎，一年四季守空房，有朝一日回家转，带回一堆脏衣裳。"

这是社会上流传的一首打油诗，虽是对地质工作者的一种调侃，但也从一个侧面说出了地质人经常离家的工作性质。

"远看像逃难的，近看像要饭的，仔细一看原来是搞勘探的。"

这是对地质工作者的一种调侃，从一个侧面说出了地质人战斗生活的艰苦。

地质人是国家和平建设时期的游击队、侦察兵，是社会主义建设的先锋队。

广西的地质人，继承和发扬了我国地质行业"三光荣""四特别"的光荣传统。"三光荣"是指以地质事业为荣，以艰苦奋斗为荣，以找矿立功为荣。"四特别"是指特别能吃苦，特别能忍耐，特别能战斗，特别能奉献。

"三光荣""四特别"是地质工作文化传承基因,是地质事业生生不息、发展壮大的精神命脉。

早在 1956 年初,毛泽东主席在听取地质工作汇报后指出:"地质工作必须先行,走在国民经济建设的前面。"

1957 年,刘少奇同志在接见北京地质勘探学院应届毕业生代表时说:"地质工作者是建设时期的游击队、侦察兵、先锋队,是社会主义建设的开路先锋。"

长期以来,地质部门实行准军事化管理。而广西应急抗旱找水打井、广西大石山区人畜饮水工程建设大会战、广西"十二五"农村饮水安全工程、广西贫困地区精准扶贫找水打井工程,其实就是一场场没有硝烟的战争。

笔者到广西一些地质单位采访时,发现一些单位还保留有军事化管理的传统,作息时间是统一的。

为地质事业而献身的工作者,数不胜数。

从广西第六地质队走出的地质学家、时代楷模黄大年英年早逝,前面已经说过,不再赘述。这里介绍广西第二地质队的副总工程师李正海,于 1993 年 8 月以身殉职,年仅 54 岁。他生前为广西的矿产勘查与开发,尤其是桂西北超微细粒金矿的发现和重大突破,做出了杰出的贡献。1984 年,李正海患肺癌,在左上肺叶切除手术尚未康复时,就回到了地质找矿岗位上,为国家探明金矿储量达 30 吨,直至牺牲在岗位上,被誉为"桂西找金第一人"。

1994 年,中宣部、地质矿产部授予李正海同志"无私奉献的探宝功臣"的荣誉称号。

采访时,广西地矿局信息中心主任黄强告诉笔者,由于地质工作有相当部分是保密性质的，有些牺牲的同志不能公开宣传，成了无名英雄。

1964年10月16日，中国第一颗原子弹成功爆炸震惊世界。在这之前，地质人员为找到制造原子弹的核心材料铀，曾付出了巨大的牺牲。如今郴州的苏仙区有一座核工业系统的烈士陵园，长眠着74位为采矿捐躯的烈士。为了采集铀矿，他们冒着生命的危险，许多人在工作中途倒下了。

20世纪60年代有一部反映地质工作者故事的电影《年轻一代》，对当时的年轻人影响很大，电影中有一首脍炙人口的插曲《勘探队员之歌》：

> 是那山谷的风，
>
> 吹动了我们的红旗，
>
> 是那狂暴的雨，
>
> 洗刷了我们的帐篷。
>
> 我们有火焰般的热情，
>
> 战胜了一切疲劳和寒冷。
>
> 背起了我们的行装……
>
> 把我们无穷的智慧，
>
> 献给祖国人民……

家庭的聚少离多、忠孝难以两全的遗憾，似乎总是与事业相伴。

地质队员背上行囊奔赴野外的时候，心里其实也装着家人，他们走过的每一个地方，背后都是家人们日牵夜挂的所在，是父母切切的惦念，是妻子的依门盼望，是儿女天真的念叨。

无数个节假日，他们大多是在野外和同事们一起度过的。家里的亲人们默默支持他们的选择，妻子默默当好贤内助，婚后长年累月一个人默默承担着所有家务，照顾双方父母，养育儿女。

广西地矿局有个家属，她的丈夫到一线找水打井去了，儿童节的时候，6岁的孩子问妈妈："爸爸怎么还不回来，他说过节要带我去公园的。"

妈妈回答："他出差去了，儿童节我来陪你过，到你生日那天，爸爸就回来了。"

过了两个多月，到了孩子生日那天，他又问妈妈："爸爸怎么不回来陪我过生日？"

妈妈回答："爸爸说下个月就是国庆节了，国庆节放假，他就回来了，你想去哪玩他就带你去哪玩。"

又过了一个月，国庆节到了，爸爸还是没有回来。

国庆节这天上午，广西地矿局工会组织干部职工搞游园活动，整个大院披红挂绿，欢声笑语，热闹非凡，游园活动的内容真不少，丰富新颖，老少皆宜，有动脑筋的猜灯谜，有动手的盲人击鼓，有家庭合作的"二人三足"竞走，有动脑又动手的"反转口令"。

有的节目是职工才能参加的，比如套鸭子。孩子跟着妈妈，看别人套鸭子，谁套中鸭子，谁就能提着鸭子开心回家。

这时候，跟着妈妈在一旁围观的孩子更想爸爸了，爸爸不是说好国庆节回来的吗？怎么还不回来？爸爸去哪啦？如果爸爸在多好啊，爸爸是职工，可以套鸭子啊。眼看着鸭子越来越少，一只只鸭子被叔叔阿姨们提走了。他很失望，拉着妈妈的衣角带着哭腔说："妈妈，鸭子快套完了，爸爸怎么还没回来？"

国庆节，往往跟中秋节差不了几天。中秋佳节，正是阖家团圆的日子，家家户户杀鸭子团圆聚餐，欢欢喜喜过节，可是爸爸还是没有回来。

孩子不知道，他的爸爸到很远的地方找水打井去了，要爬很多的山，钻很多的洞，去很多的地方，找很多的水，打很多的井，一时半会回不来。

孩子不知道，他的爸爸此时此刻正身穿工作服头戴安全帽，在野地里穿行，在秋老虎的淫威下汗流浃背。

有时候牺牲不仅仅是在战场。从某种意义上来说，这也是地质工作者的一种牺牲。

如广西桂林水文工程地质勘察院高级工程师丁凯，研究生一毕业就参加了找水打井的战斗，从广西抗旱应急找水打井一直到广西贫困地区精准扶贫找水打井，持续了8年时间。

丁凯长期奔波在前线，与结婚不久的妻子聚少离多。为了事业，他与妻子商定，暂时先不要孩子，等找水打井突击战打完之后再说。据他的同事说，找水打井五大战役结束，直到2020年，因为年龄渐渐大了，他们夫妻考虑要孩子的时候，却不能如愿以偿，留下了深深的遗憾。

高级工程师张勤军来自山东，中国地质大学（武汉）水文地质与水资源专业毕业，2008年毕业后到广西地质勘查总院，也就是现在的广西地质调查院工作。笔者采访时，他说："我记得最清楚，新婚第二天就到工地去了，孩子出生的第三天，又出去了，对家庭亏欠很多。周末没有陪孩子好好玩过。其实大家都一样，这样的事对我们来说已经习以为常了。"

他记得妻子坐月子的时候，他在工地上，大年三十家里盼着他回来吃一顿团圆饭，却成了奢望，他只能望着天边思念亲人。记得大年三十那天，家家店铺关门吃年夜饭了，他想找吃的找不着，方便面都买不到，鞭炮声一响，心情就复杂起来了。不由得想起家乡，想着幼年过年时，一家人其乐融融地围坐桌前，吃热气腾腾的年夜饭前都要燃放鞭炮。只要鞭炮一响起来，成群的小朋友便飞似的循着鞭炮声跑去，看着那夜里温暖的火光，听着那鞭炮噼啪响，兴奋得整夜都不睡觉。陪着家里的大人围炉守岁的情景，只能回味。

可是，那个时候是找水打井最紧张最激烈的阶段，只能把对亲人的思念，化作找水打井的力量。

广西地质调查院高级工程师黄春阳来自湖南衡阳，2007年毕业于河北地质大学，2011年至2014年中国地质大学在职研究生，妻子也是广西地矿局的职工，两人经常出野外工作，孩子只好托同事代管。这种情况在地质行业很多，出差时同事的孩子相互照管，因此很多地质家庭的孩子是吃百家饭长大的。这是没有办法的办法。

黄春阳说："搞地质的都这样，平常得很，搞这行的没有一个家庭是例外的，父母病了，你怎么能够照顾得了？我妈得了癌症，我打电话告诉我弟弟让他来照顾。我在南宁，我妈一个星期到南宁做一次化疗，她身体虚弱，2013年我在野外工作，全靠老弟照顾，我只能干着急。"

2014年4月19日，平果县找水打井项目经理韦建发工程师的儿子呱呱落地。初为人父，他本应守在床前照顾妻子和儿子，但人在工地，身不由己，必须在规定时间内完成找水打井任务，他连儿子出生也无法陪伴。妻子坐月子期间，都是妻子的姨妈在家帮忙照顾，直到孩子差不多6个月大了，韦建发见孩子的次数都屈指可数，抱孩子的姿势更是生疏不已。

每当提起此事，韦建发都鼻子发酸，觉得亏欠妻儿太多。但他却无怨无悔，因为他是地质人，因为他为旱区群众打出了救命的甘泉。

2013年七夕节，广西二七二地质队的年轻人没有与恋人在花前月下漫步，没有爱人的情意绵绵，陪伴他们的是天上的星星、简陋的帐篷、一排排岩芯以及简易的工棚和轰鸣的钻机。

黄泽安技术员的妻子打电话到南宁蒲庙的工地，问他七夕节晚上是否回来，他回答争取回去。这天晚上，他一直忙到晚上8点多，想去花店买一束玫瑰，可花早已售罄，只好在工地附近采摘了一些五颜六色的野花回家送给妻子。

妻子接过花，又好气又好笑，对他说："还不如送一把菜花，那样可实惠多了。"

妻子怀孕了，预产期在2018年8月，问他有没有时间回来一趟。那时找水打井战斗正酣，他根本没有时间回去照顾她，不得已妻子只好向娘家寻求帮助。

广西二七二地质队的陈振坤，2013年7月刚从长春工程学院毕业，就到工地报到了，他跟南宁的女友是异地恋，他到南宁来工作，很大原因就是爱情。他们在网络上谈了3年多的恋爱，见面的次数仅3次，时间加起来也就10多个小时。七夕节这天，蒲庙工地离南宁并不太远，但他实在走不开，只好对女友表示歉疚。女友却非常通情达理，在电话里说："古人说得好，两情若是久长时，又岂在朝朝暮暮，工作要紧，我们见面的机会多的是！"

"谢谢理解，等项目结束以后，我好好陪你过周末，好好补偿你，过一个有我陪伴的情人节。"

广西二七二地质队在柳州鹿寨工地的技术员吴玉辉，他的妻子是一名护士，平时他们聚少离多，他说："她经常三班倒，比我更辛苦，我们非常珍惜在一起的时光，彼此特别理解对方，情人节过不过都无所谓，真心相爱最实在。"

他的岳母也鼓励他安心工作，早日完成找水打井任务，回家团聚。

"结婚虽然只有一年多，但我们是高中同学，相识10多年了，两人在一起相处久了总归要平淡。亲人的理解和支持是药效显著的定心丸。"他笑着说。

地质队伍中，有许多地质二代、地质三代，甚至有的家庭夫妻、父子均是做地质工作的。他们为了祖国的地质事业奉献了青春，也将子孙引上了地质事业的道路。

8年的艰苦奋战过去了，如今广西农村生活水平有了很大的改善，广西的公路交通状况也大有改观。如都安，修筑起了一条条脱贫路。至2019年底，全县公路里程已达3582.6公里，条条纵横瑶山的公路，为脱贫致富提供了更加快速的通道。

如今，县县通高速了，要回家已是很方便，但有许多地质工作者至今仍奋战在一线。战斗未有穷期，几个月回不了家的仍然大有人在。

　　新时代的地质工作，除了政治任务、国家战略，还要应对激烈的市场竞争。要开拓工勘市场，许多队伍提出"走出去"战略，这短短三个字，就意味着他们要走更远的路，待在家里陪伴亲人的时间更少了。

　　他们也想多照顾年迈的双亲，也想多陪陪形单影只的妻子，也想带着孩子去逛公园，去游乐园坐碰碰车、过山车，也想在节日里其乐融融地吃顿团圆饭，共享天伦之乐。

　　可是，为了祖国的召唤、心中的追求、肩上的职责，他们只能一次又一次地背上行囊，奉命出征。

　　笔者采访广西地矿局找水办副主任张华员，他和找水办主任黄桂强是成都地质学院（现成都理工大学）的同学。笔者问他是怎么走上地质这条路的。他说："我老家是河池罗城农村的，家里有四兄妹，生活很苦，读高中的时候没有干农活，给家里带来很大的经济负担。我只求脱离穷困山区，到外面去找一个稳定的饭碗。懵懵懂懂地就进了成都地质学院，农村去的一般都有助学金，对家庭来说，经济负担不是很重。我学的专业是水文地质专业，1985年7月毕业后就到南宁工作了。"

　　笔者问："你们找水办主要负责哪些事务？"

　　张华员说："广西地矿局找水办是2010年成立的，哪些单位打不出水了，我们要到现场会诊，资料出来之后要分析，我印象较深的是广西贫困地区精准扶贫找水打井，大化县有两个点各打了一个干孔，于是把我叫去，重新选了范围，圈定了靶区。当时主要是野外作业的年轻人没有实战经验，物探时泥沙、断层也有异常反应，其实并不是水，这个要靠经验去判定，才知道水大概从哪里走，地质条件就是不均匀的。我去了之后，重新勘查水文地质条件，选定靶区，指导他们选对了方向。我们属于管理部门，有咨询组、专家组，厉害的人员就在水文队，有老同志黄桂强、莫日生等，他们基本都在现场。不到现场，仅在办公室里听汇报是解决不了问题的。找水打井，我们有五大主力——广西地质调查院、广西水文地质工程地质队、广西地矿建设集团有限公司、广西第四地质队、广西桂林水文工程地质勘察院，后来主力队伍越来越多，广西北海水文工程矿产地质勘察研究院、广西第六地质队、广西三〇七核地质大队都是后面打出来的。广西地质环境监测总站也算，以前总部在桂林，2018年搬到南宁了。"

张华员说，他下到巴马西山乡戈贤村，当地以前自筹资金打井，打了两个干孔，老支书的眼泪都流干了。请了民间队伍去打井，村民们无偿帮他们抬设备，钱花了，力气也花了，心血却白花了。几万元在贫困地区是很大的一笔钱，是老支书挨家挨户动员，村民从牙缝里省出来的，结果却是竹篮打水一场空，惨啊！

他说："专家组下去，打出了水，村民们把他们奉为活菩萨，那种成就感和幸福感，简直无法形容，不干地质这一行，无法体会。"

笔者问："当初您是为了吃饭有肉，懵懂地入了这一行，这么多年过去了，现在怎么想？"

他不胜感慨："这一行干得越久越有滋味，越久越有说不出的愉悦感，人生中有许多偶然，选择这条道路也属偶然，但正是这个偶然，成就了有价值的人生。"

笔者非常理解他的成就感和幸福感从何而来。采访了太多的地质人，他们都有这种感觉。

要知道，架桥铺路，找水打井，这是功德无量的事情啊！

地质工作者出门，随身携带地质锤、罗盘和放大镜三大件，也就是传统的"地质三宝"。这三宝是他们形影不离的伴侣。肩挎地质包，手拿地质锤，腰别大罗盘，走南闯北，踏遍八桂大地的山山水水，叩问沉睡的巉岩峭壁，在峡谷中低吟浅唱。

地质人风里来雨里去，终年战斗于一线，他们不仅有"地质三宝"，更有"三光荣""四特别"的传统精神，还有铁打的肩膀、粗壮的双手，以及一身古铜色的肤色和豪爽性格。

地质人对于功名，如今已经退休的广西第四地质队工程勘察院前院长兼总工程师覃宁魁这样形容，少年需要望远镜，是为看远处的风景；青年需要显微镜，是为看得仔细；中年需要放大镜，是为看得透彻；晚年需要太阳镜，是为看淡世间日出日落风起云涌。看透、看细自己的科研项目，而名利、地位、职务、权力等，他却是戴着一副太阳镜，把这些都看淡。

艰苦工作之余，覃宁魁写了很多诗歌，诗歌洋溢着乐观主义精神，也是他找水打井的战斗姿态和心境，如这一首《野外踏勘》：

太阳出来照山崖，

山崖高高把头抬，

洞奇石美我也爱，

更爱万家泉水来。

笔者也作了一首打油诗《好女要嫁地质郎》：

好女要嫁地质郎，

爬山钻洞本领强。

千难万险浑不顾，

献身事业多荣光。

什么样的男人能够给女人带来幸福？什么样的女人能够给男人带来快乐？一是才华，二是人品，三是责任和担当。

无论是地质郎还是地质娘，都是英雄。

他们握昆山之玉、掌灵蛇之珠，能够在找水盲区打出甘泉，这难道不是才华吗？

他们宁愿自己遭罪受苦，宁愿自己多流汗，也要让灾区群众早日摆脱缺水的贫苦日子，这难道不是好人品吗？

他们秉承"三光荣""四特别"的传统，受命于危难之际，苦斗于穷山恶水之间，战胜旱魔救灾救难，这难道不是责任和担当吗？

这样的地质郎不嫁，嫁谁？这样的地质娘不娶，娶谁？

军转民的参战队伍

新买铜锣色似金，

不敲不打声不鸣；

打响铜锣走天下，

打井出水遇知音。

——广西山歌

广西三〇五核地质大队、广西三〇七核地质大队，前身分别是核工业部中南地质勘探局三〇五、三〇七大队，隶属于核工业部，为我国核工业的发展及"两弹一星"的研制做出过贡献。两队分别于20世纪末和21世纪初，军转民归属于广西地矿局，更名为广西壮族自治区三〇五核地质大队、广西壮族自治区三〇七核地质大队。

他们带着事业的帽子，走着企业的路子，这些年来改革创新，壮士断腕，涉险犯难，勇闯难关。

20多年前，广西三〇七核地质大队找水打井曾经有过辉煌战绩，在玉林一带颇有名气。广西"十二五"农村饮水安全工程，该队重新披挂上阵，找水打井首次出征，能否有所斩获？

是驽马还是战马，战场上见分晓。

2013年5月10日，广西三〇七核地质大队在象州县象州镇安营扎寨，成立指挥部。

附近的寺村镇有象州温泉，有清代岭南才子、两粤宗师郑小谷的故居。但找水打井紧张激烈，他们没有闲心领略这些自然风光和人文景观。

一个多月时间里，他们在缺水村屯踏勘，大致摸清了象州县水文地质的脉络。

2013 年 6 月 8 日，钻机进场。定点寺村镇花池村委上花池屯。

在此下钻，是否有把握打出水？据调查，曾有打井队在此打过井，但无功而返。

前车之鉴，是否会重蹈覆辙？他们心里没底，不敢轻举妄动。这是他们的第一仗，也是他们打的第一口井，意义非同小可。一鼓作气，再而衰，三而竭，如果失败，会挫伤士气。

为慎重起见，下钻之前，他们仔细讨论作战方案。

深夜 11 点多，指挥部还灯火通明。核工业贵港工程勘察院副院长、项目技术负责人王敢，水文组组长李景刚，物探组组长陈武文，你一言我一语，展开了讨论。

"打不打？这里曾经有钻机打到 78 米，都没见出水。我们好好分析一下，到底是什么原因？以免在同一个地方被同一块石头绊倒。"

"根据我们调查，还有水文资料研判，这里成井条件并不差，出水概率应该很大。"

"那么，为什么以前会出现这个干孔呢？"

一时间，三人沉默了。

重新理清思路，分析水文资料，回忆和思考。

他们想起了一个挖井的故事。从前有个人挑选了一个很有可能出水的地方挖井取水。第一天挖了一多半，没有见到水。第二天，又挖下去，没有见到水。第三天再挖，还是没有见到水。于是他产生了怀疑，为什么还不见水？是不是看错了地方，这样挖下去到底有没有结果？事不过三，他彻底失去了信心，没有继续挖下去，扛起锄头和铁锹回家去了。可他万万没有想到，只要再努力深挖下去几尺，这里就会出水了。遗憾的是，他没有坚持，就这样轻易地放弃了。

这个故事，他们耳熟能详。此时，三人似乎有了某种默契和共识。

陈武文说："78 米没有见水，80 米呢，90 米呢，100 米呢？"

李景刚说："对啊，我们往深里打，试一试！"

王敢说："打，就这么定了！"

成败在此一举！

隆隆的钻机声和着雄鸡报晓声，唤醒了沉睡的山村。钻工们和指挥部的一行人在钻机旁死死盯着管道，每个人的心都砰砰地剧烈跳动，几乎提到了嗓子眼。

他们默默祈祷此番旗开得胜、马到成功。

终于，刷的一声，地下水如同一条乌龙从管道里猛然窜了出来！在场的人们又惊又喜，不约而同地欢呼起来。

水，渐渐抽清，符合成井要求。

天遂人愿，初战告捷！

象州县寺村镇岩口村委屯村，历年来严重缺水，指挥部把这里列为找水打井的重点。副大队长兼指挥长赖建锋 3 次带队在此调查，物探组 4 次测量，最后才确定井位。

钻进 90 米出水了，抽水试验，水量不够。继续打到 120 米，水量还是小了。赖建锋跟项目组研究分析，此为溶洞裂隙水，如果增大裂隙，出水量就会加大。于是果断决定实施孔内爆破，炸开裂隙，震松岩石。他们请来专业爆破人员在含水层下孔深 93 米处实施爆破。

2013 年 7 月 26 日下午 4 点，随着嘣的一声闷响，一股水柱冲了上来，人们情不自禁地鼓掌欢呼："成功啦！"

这是他们首次实施孔内爆破成功，士气大振。

象州县运江镇上坪村委磨村，位居高坡。2013 年 8 月 25 日，广西三〇七核地质大队在山坡上打出一口井，地下水冒出井口 2 米多高，堪称奇观。此井每小时出水量达 21 立方米，可供全村 300 多人饮水用水。

2013 年 8 月 29 日，时任广西地矿局副局长兼找水打井工程领导小组副组长战明国来到象州，鼓励他们再接再厉："就这样干，不搞盲人摸象，靠科学技术指导找水打井，打一仗，进一步，不断探索，不断前进！"

广西三〇七核地质大队象州找水打井项目指挥部里，挂着当地村民赠送的锦旗："吃水不忘打井人""恩情重如山，善举长如水""井深水长情更长"。

陈武文对笔者说："其实锦旗还有很多，墙上都挂不下了。每一面锦旗背后都有一口井，每一口井的背后都有感人的故事。"

雄关漫道真如铁，而今迈步从头越。

广西三〇五核地质大队阔别找水打井多年，在转型升级、创新发展进程中，他们实现了华丽转身。

采访时，广西地矿局的好些干部对笔者说起毕先才，说一定要好好采访一下他。为了军转民的华丽转身，广西三〇五核地质大队下属的核地质工程勘察院院长毕先才，不知度过了多少个不眠之夜，付出了多少心血和流下了多少汗水。他对得起自己的单位，却亏欠了家庭。

2012 年初，他爱人怀孕了，但他在施工现场，没能照顾爱人。孩子出生时，他也没有时间见证儿子的诞生，直到项目完成才回到家中，陪伴一下爱人，抱抱自己的儿子。

才享受了一下天伦之乐，品尝了下做父亲的喜悦，他又奉命出征了。

笔者采访毕先才时，他非常谦虚地说："我们这一代人渐渐要退出舞台，做的事都是日常工作，没有什么好写的，你多写写年轻人。地质事业，将来要靠他们。"

他对笔者说："愚者丧失机遇，智者创造机遇，强者把握机遇。"

参加广西"十二五"农村饮水安全工程找水打井，正是他们踏上创业新征程的大好机遇，正是他们凤凰涅槃浴火重生的大好机遇。

在来宾市兴宾区水利局，毕先才主动请战，承诺打不出水不要钱。

艺高人胆大。毕先才敢于做出如此承诺绝非空穴来风，他是有底气的。成功源于自信。

当然，口说无凭，显示实力要看战绩。

早在2014年6月，广西三〇五核地质大队在永福县罗锦镇米田村三达屯，打出了一口日出水量达1万立方米的双孔水井，成为广西找水打井工程出水量最大的机井，可供4万多人饮水用水，结束了当地干旱区的历史。永福县水利部门投资近1600万元建起一座自来水厂，供罗锦镇政府驻地和附近9个村庄加上1个工业园区生活生产用水，社会效益显著。当地政府送上一面大锦旗，上书："钻井换来甘泉水，一心扶农献真情。"

兴宾区2015年的找水打井任务，毕先才争取能够从中"分到一杯羹"："我们平均10天成一口井，3台钻机待命，现在就可以入场。你们可以安排我们最难的地方。"

"好吧，给你们打5口井的任务。"来宾市兴宾区水利局欣然答应。

2015年6月19日，签订合同的第二天，毕先才就带着技术人员进场。6月23日，进行3个村屯的水文地质调查、物探测量、井位确定。

6月24日至7月8日，不到一个月的时间，布孔的5口井先后见水，成井率100%。

来宾市兴宾区水利局检查组现场察看水井，不禁喜出望外："想不到，真的想不到，这里找水难度大啊，你们的工作进度、打井的水量和质量完全达标，上万人饮水不用愁了。以后，打井就找你们！"

来宾市兴宾区水利局说到做到，追加5口，再追加8口，后来又追加10口。至此，广西三〇五核地质大队进军市场打响了第一炮。

来宾市兴宾区凤凰镇八一中学，有2200多名师生，多年来这个学校极度缺水，曾计划引进自来水，但成本太高，学校承受不起。当地政府和校方曾先后请了多支队伍来打井，均无果而终。

广西三〇五核地质大队接到任务，不辱使命，竟然在距离干孔5米处打出了一口井，每小时出水量达60立方米，不仅水量大而且水质清澈，符合饮用水标准，完全满足了全校师生的用水需求。

人逐水而居。兴宾区陶邓乡30多年来一直请人打井，前后打了40个干孔。干孔望着人们，人们望着干孔，如大眼瞪小眼，人们彻底绝望了。

乡政府决定不惜成本，将乡政府驻地移到有水的新区，以求生存。

但搬迁过程中，乡供销社由于某些原因一时半会搬不了。他们请来广西三〇五核地质队打井，说明还是要搬的，权宜之计，只要有口小井满足50多人吃水就行。

却不料，毕先才他们找到了地下河，打出了一口每小时出水量数百立方米的井，别说供销社50多人，全驻地2000多名村民的饮水都解决了，还能灌溉附近2000多亩的农田。

驻地移迁，就此作罢。政府省下了一大笔移迁费用。

毕先才说："旱区找水打井，就像一个病人急需输血，可是护士扎了很多针都找不到血管，时间久了，病人和护士都失去了信心。我们一出手，就一针见血，见我们这么神，就对我们树立起信心了。"

冰心诗云："成功的花儿，人们只惊羡她现时的明艳！然而当初她的芽儿，浸透了奋斗的泪泉，洒遍了牺牲的血雨。"

"硬核"出击黄桂强

牛角不尖不过界，

马尾不长不扫街，

金刚钻揽瓷器活，

黄工找水水就来。

——广西山歌

广西地质调查院副院长、教授级高级工程师、广西地矿局找水办主任黄桂强，抗旱应急找水打井期间，战功赫赫。他负责隆安县项目，与同志们一起，以多年积累的丰富经验，运用科学论证确定了12个村屯的井位。在缺水大屯更也屯找水，他带头冒险犯难，钻进溶洞勘查，观测洞内岩石的发育方向，考察地下河的流向，结合周围地形地貌，布置物探工作剖面和"对称四级"对比，查询1：50000水文地质图，在溶洞附近半公里的玉米地确定隆安县的第一口井的钻进孔位。打井出水后，至此，他确定的第一批5个钻孔全部出水，取得了开门红。其中4个钻孔日出水量均达240立方米，可供6个村屯4000多人的饮水用水。

黄桂强说："钻机刚到，当地水利局就已经把水塔建好了，如果没有打出水，那个水塔就白建了，所以压力很大啊。有些单位为了保证出水，多打了几个孔，亏了怎么办？亏就亏了，只能自行消化。"

2010 年 3 月 22 日上午，接到参加抗旱应急找水打井的紧急任务后，黄桂强当天下午就赶到隆安县的相关部门了解灾情，在天黑之前便开始了实地调查。当天晚上，他和抗旱工作组的同事们一起研究制订找水方案。

黄桂强奔走于各干旱村屯和山岭之间，查看地形，测量岩石裂隙，深入旧井和洞穴查看地下水情况，仅在丁当镇 10 天就钻了 6 个溶洞。

大量的地质调查工作加上丰富的找水经验，隆安第一口井喜获成功。经过 12 天的钻进，至 81 米深处终孔，日出水量达 288 立方米，解决了全屯 800 多人的饮水困难。在进入隆安县旱区短短的 20 多天里，黄桂强和同事们实地勘查了 24 个缺水村屯 30 多个水源点。

在隆安县合塘屯打井，开始时黄桂强遭遇到了挫折，第一套方案失败。他不甘心，寻找裂隙水，分析区域地质，觉察到可能有断层从屯中通过，于是物探测线，寻找断层，到了第二天，终于找到了断层破碎带，定下了孔位。打井成功，日出水量达 240 立方米，可供合塘屯 1430 人的吃水用水，一举打破"合塘屯无水"的预言。

笔者请黄桂强谈谈自己，他对笔者说："我和张华员是同学，1985 年从成都地质学院毕业，同是学水文地质专业，分配到第二水文队，就留在这里了。2010 年 4 月，我们到了丁当镇，受到老百姓欢迎，来了就不给走。我看到当地老人和孩子背着背篓到很远的地方取水，非常难过。我就对自己说，再苦再难也要找到水。我钻溶洞调查的照片，就是在隆安县丁当镇俭安村更也屯拍的。我怕蛇，而且洞里面不透气，很热，心里还是挺害怕的，但为了找到水，还是大着胆子进去了，最后调查清楚了水的情况。钻溶洞是为了拿到第一手资料。我是推崇物探的，对称四级，4 个电极同时测量，4 个人每人负责一个电极，多测几组数据就多几分把握，钻探孔位就能准确几分。"

笔者问："黄工常年在外头跑，家里怎么办？"

"我妻子、孩子现在都是搞地质的。"

笔者采访了十几个地质部门和单位，前前后后采访了70多个地质人，也发现了这个情况，于是问道："为什么会有那么多地质之家呢？"

"主要是感情，对大地的感情，对行业的感情。大人经常跑野外，对子女产生很大的影响，就有了这个传统精神的传承，或者叫地质文化。广西第六地质队的黄大年就是地质子弟。我父亲是教师，我填报志愿的时候，他给的意见就是地质院校。对这行的感情，是后来日久生情。"

笔者知道他妻子黄秀凤是广西地质灾害治理专家，工作也很忙，就问："你夫人也搞地质，父母常年往外跑，孩子谁来管？"

"我和妻子两个人经常出差，就按照地质家庭的惯例，把孩子寄托在同事家里，出差一周，就寄托在同事家里一周，这个事情我妻子比我清楚。孩子在同事家里吃住，同事帮忙照顾，从两岁半一直到读初中都是这样过来的，初中时孩子住校了，孩子的自理能力很强，就是从小就锻炼出来的。这对成长有好处。孩子读书时不像现在有家长接送。有一次在西乡塘郊外，那儿很偏僻。孩子在放学路上被拖拉机碰伤了，头破血流，看了很心痛。孩子从桂林理工大学毕业后就跟随着钻机到处转移，这是传统，住在机台吃在机台。现在他从事地质灾害治理工作。地质子弟的学习成长很多都是靠自觉。父母不在身边，同事互相帮忙，寄养一段时间，这个现象在地质工作者中是普遍现象。"

丁当镇森岭村白沙屯，钻井施工抽水试验，两分钟就抽干了，用空气压缩机洗井，喷出来的全是黏糊糊的泥，把出水口都堵住了，只好人工进行清理。

抽不出水，按常规这口井就该报废了，黄桂强不死心，不轻言放弃。他反复观察岩芯，这个井不会没有水啊，思来想去，莫非是泥沙作怪？最后检查发现是钻孔浅部溶洞被泥质充填了，水无法流出来。

于是，他得出结论，这口井还有救！

他果断决定："重新下30米管再抽！"

钻机重新响起来，抽了12个小时，水渐渐小了。

"把水泵慢慢提上来再抽！"

抽一段时间，出水口又被堵塞了。

"洗孔！"

调来空气压缩机洗孔，在钻杆上加混合器往井壁两边洗。连续抽水一个多星期，水不仅没有变小，反而越抽越大。

扩孔、下管、空气压缩机洗井……综合治理了10多天，这口井终于起死回生。成井后日出水量达312立方米，可供白沙屯850人的吃水用水。

当地老人和孩子背着水罐翻山越岭取水的日子，一去不复返了。

笔者说："人们说你是钻山豹，喜欢钻溶洞。"

黄桂强笑了，说："不只是钻溶洞，找水的途径和方法是多种多样的，要通过对地层、岩性、微地貌等做大量调查，掌握地下水水位动态变化的数据才能为找水打井提供依据，我推崇物探方法，物探技术与地质知识相结合的方式是目前找水打井的最好办法。"

疯狂找水胡纯龙

天上有条大青龙，

地上有个胡纯龙。

青龙发狂就有雨，

胡工找水就发狂。

——广西山歌

提起广西地矿建设工程有限公司总经理助理、大新找水打井工作组组长胡纯龙，大新县一名当过兵的村支书就忍不住竖起大拇指："地矿队太厉害了，地地道道的军人作风，简直是打起仗不要命。尤其是那个组长胡纯龙，那个劲头、那个脾气一上来，牛角都能扳得直！"

提起胡纯龙，人们自然而然地联想到他的"疯狂找水法"。

怎么个疯狂法？这么说吧，到大新旱区后，他每天工作不低于 16 小时，也就是除吃饭睡觉和不得不暂时离开找水工作的事外，他全部的时间都投入到了找水之中。

所谓疯狂找水法，就是超常规发挥、超负荷运转，就是不要命地往死里做，就是白天黑夜不停地找水，就是踏勘、物探和设备调度同时运行，理论和经验一起应用，就是每天物探布点比平时超出两三倍之多。正如胡纯龙所说："旱情就是命令，抗旱如同救火，必须争分夺秒！"

一句话，疯狂找水法，就是龙马精神，就是苦干实干硬干加巧干，就是死活要找到水源，就是忘我无我，不负重托。

从 2010 年 3 月 23 日开始，胡纯龙带着找水打井工作队分别赶赴大新、马山、上林。

在大新县，胡纯龙和队员们带着干粮，5 天时间踏遍了大新 255 平方公里的缺水区域，共 14 个乡镇 50 多个自然屯，有的队员累得眼睛都陷下去了。

五一劳动节到了，平时是有小长假的，队员们多想歇息一下，喘上一口气啊。

可是，当他们看到胡纯龙年纪那么大了还在硬扛着，就没有一个人吭声，默默跟着他超负荷工作。

胡纯龙知道大伙的心思，他对大家说："这是在打仗！打仗是没有休息时间的，作息是没有规律的，是没有白天黑夜的，是没有假期的。旱魔就是顽敌，顽敌袭击的时候就得打。能够不抵抗吗？能够休息吗？"

50 多天，胡纯龙带领队伍就这样疯狂找水。

其间，胡纯龙 86 岁高龄的岳父重病住院了，家里多次来电话催他回去，他不是不想回去尽孝，而是打仗怎么能离开呢？他既是指挥员，又是战斗员，关键时刻他离开阵地怎么行？不能回去啊，自古忠孝不能两全，他只好表示万分歉意，请妻子独自照顾老人。

"我们的目标是 5 月 10 日前成井 30 口，按常规是不可能完成的，只能拼了！不达目标，决不收兵！"

胡纯龙采取"重科学、快反应、超常规、高效率"的突击战方式，分出水文地质与物探综合勘查论证布孔、生产组织与质量管理、抽水洗井与水质试验移交三个小分队，打破以往的一周布一点、一月打一井的常规，高效率收集当地地下水情、水资源分布信息，一天勘查 5～8 个点，布孔

2～4 个点，夜以继日地钻进施工，并下死命令，必须一周完成一口井的任务。换句话说，平时一个月的活，现在要求一周干完。

50 多天的突击战，胡纯龙组织 100 多名技术人员、30 台钻机，布点38 个，打孔 41 个，移交水井 34 口，平均一天半打出一口水井。

34 口水井日总出水量 16000 立方米，34 个自然屯 2641 户 11338 人，从此喝上了清澈的甘泉。

34 口水井，可灌溉水田 1500 亩、旱地 6000 亩。村民和地质队员们眼看着井水流入稻田，禾苗饱吸之后返青，在风中点头，似乎在微笑着向他们打招呼说："感谢地质队，感谢疯狂找水的胡纯龙，我们得救啦，活过来啦！"

在雷平镇，钻机打到 100 多米，干孔。村主任哭了。胡纯龙也哭了。

男儿有泪不轻弹，只因未到伤心处。

村主任天天帮着地质队干这干那，忙前忙后，随叫随到，不叫也到，守着钻机，眼巴巴地盼望着出水。

但做梦也没想到，出来的水竟然是他们的泪水。

村主任那失神的眼睛，像两口枯井。

胡纯龙一把抓住他的手，对他说："还有希望，只要我们不放弃，就有希望！"

他暗下决心，大丈夫立于天地之间，即使把地球打穿，也要在当地打出水来。

钻机打到 102 米时，掉杆了。胡纯龙喜出望外，有水了！

捞渣，洗井，抽水试验……

"哗啦"，水喷出来了，溅了胡纯龙他们一身。

在场的人们一阵欢呼。

"胡工，谢谢你们，地质人是我们的大恩人啊！"

"打井是我们的本分。"

"如果你们不来，我们就惨了。"

"党和政府派我们来的，要谢就谢党和政府吧。"胡纯龙笑道，说完转身离去。

还有好多事在等着他去做呢。

拼命三郎黄祖勇

泉水清来井水清，

井水照见鲤鱼鳞，

拼命三郎黄祖勇，

找水打井不要命。

——广西山歌

2014年11月12日，河池市罗城仫佬族自治县小长安镇李村，在一阵锣鼓声和鞭炮声中，广西水文地质工程地质队移交第197口井。

此时此刻，广西水文地质工程地质队高级工程师、广西五一劳动奖章获得者黄祖勇，长长地松了一口气，终于完成了广西"十二五"农村饮水安全工程找水打井项目成井197口的任务。后来他们还超额完成36口井。

这时，股骨一阵剧烈的疼痛提醒他，该去医院看看了。同事和家人早就多次劝告他，他不是不听，也不是没有想过，但是人在一线，又是指挥员，怎能离开……

看着诊断结果，他简直怀疑自己的眼睛——左腿股骨缺血性骨头坏死。

"这么严重？这病怎么来的？"他问医生。

医生："这个病的原因很多，如股骨颈骨折、髋关节脱位，甚至髋臼骨折等髋部受伤，都有可能引起股骨头坏死。还有就是长期劳累过度，睡眠不足，身体抵抗力下降，身体负重，还有情绪紧张、焦虑等也会加重病情。你需要住院，这个病开不得玩笑，不能拖，否则会导致瘫痪。"

医生皱着眉头，严肃地说完，给他开了住院单。

病床上，他安安静静地躺着。找水打井的一幕幕在他脑海里闪过。

2010年3月至2014年底，广西应急抗旱找水打井、广西大石山区人畜饮水工程建设大会战、百色市抗旱找水打井、广西"十二五"农村饮水安全工程找水打井，经历了1700多个日日夜夜。

四大战役。都是难忘的硬仗，都是死命令。

忻城县遂意乡兰甲村内合屯，属石漠化山区，这里的老百姓生活用水靠水柜蓄水。每到旱季，都要到邻村挑水。特别是冬季，要到10公里以外去拉水。找水打井工作组进驻该屯后，老百姓说："这下有盼头了！"

打第一口井，钻到146米，无水。第二口井钻到148.8米，还是干孔。

黄祖勇闻讯赶来。分析原因，重新勘查水文地质，反复论证，定下了第三口井的井位。钻进深达156.7米，出水，日出水量达240立方米，村里580人从此喝上了干净的饮用水。

田林县百乐乡百乐村，这里属碎屑岩地区。

黄祖勇带队进行野外勘探。他们的干粮一大早就吃完了。时过中午，队员们饥肠辘辘。山里荒凉，路途较远，要找小吃店买食物填饱肚子，进出得花费一两个小时。黄祖勇说："进出太花时间，做完再出去吃午饭。"

物探完毕，已是下午2点多，好不容易有一个小卖部，但只有糖烟酒，没有其他食物，连饼干都没有。好在还有矿泉水，只能喝水缓解饥饿。等赶到田林县城已是下午5点多，一行人饿得连说话的力气都没有了。

午饭和晚餐也就并作一餐。

在宜州市，黄祖勇和同事们到龙头乡龙盘村八况屯、向南屯、大平屯、上谭屯进行水文地质调查，一天就走了 30 多公里山路。

回到宜州市内，已是晚上 8 点多。晚上睡觉时，黄祖勇的腿关节痛得难以入睡。

东兰县三石镇公平村拉京屯是缺水旱区，农作物常年歉收。

黄祖勇在拉京屯进行水文地质调查，爬山钻洞，行走于山间洼地。半道上，髋关节、左腿内侧阵阵剧痛，放射至膝部，痛得他龇牙咧嘴，豆大的汗珠从额头上滚落下来。实在顶不住了，只好就地坐下歇息。

定好钻井孔位，一孔命中，日出水量 1200 立方米。拉京屯和周边村屯约 3250 人有了饮用水，850 亩农田灌溉无忧。

东兰县武篆镇鸾坡村板坡屯，地面标高 400 多米，地层岩性复杂。黄祖勇现场踏勘，查阅水文资料，确定孔位，命中水源，日出水量达 240 立方米，解决当地 187 人饮用水困难的问题。

广西大石山区农村人畜饮水工程建设大会战期间，广西水文地质工程地质队在南丹、宜州、忻城、柳江四县同时实施找水打井，黄祖勇布置四个县的战线同时铺开，40 台钻机齐上阵。

他的电话 24 小时开机，一旦接到电话，即使已经躺下休息了，也会从床上爬起来，奔赴工地。

宜州市洛西乡洛西社区荣和屯。钻孔施工时泥沙埋钻，钻工在电话里向他汇报，他立即赶到现场排除故障。

这台钻机打出了日出水量为 299 立方米的水井。

北山乡福利村长湾屯。晚上 8 点多，钻机施工遇到障碍，无法继续钻进。钻工打电话给黄祖勇，他立即从驻地赶过来，指导钻进。钻机重新轰响时，已是凌晨 1 点多。

4 年多，黄祖勇所在的广西水文地质工程地质队共成井 368 口，17

万人的安全饮水问题得以解决。

作为广西地矿局的主力王牌队伍，黄祖勇和同事们踏遍桂中、桂西的柳州、百色、河池、来宾等市的 450 多个缺水村屯。

找水打井也是一场战争，既然是战争，他又是指挥员，总不能群龙无首吧？打仗的时候，指挥官跑了，这仗还怎么打得赢？战争是残酷无情的，总要有人做出牺牲。

一个萝卜一个坑。他身为项目负责人，总要在前线指挥。

战斗激烈的时候，人对自己的身体都不大在意，对于时有时无、若隐若现的左腿疼痛，他存在着侥幸心理，想等找水打井的硬仗打完了，再去医院好好检查检查，估计也没有什么大问题吧。

这一拖就拖到了 2014 年底。

早在两年前，黄祖勇的女儿就发现爸爸走路的姿势不对，一瘸一拐的，就对爸爸说："赶快去医院检查一下。"

黄祖勇说："好的，过段时间一定去。"

可是，他一拖就是两年！

树弯趁早扶，有病趁早医，小洞不补，大洞叫苦。这些常识和道理，他不是不懂。

身体健康比什么都重要，如果把人生比作一个数字，那么身体健康是"1"，其余都是"0"，"0"要放在"1"的后面，数字才能十倍百倍增长，如果"0"跑到了"1"的前面，那么数字就没有什么意义了。

但是，在黄祖勇的眼里，对于"1"和"0"却有自己的解读。他的这个"1"是找水打井的重任，其余都是"0"，包括自己的身体。

黄祖勇躺在床上，床头放了一副拐杖。

挂拐杖是暂时的，他会好起来。他像一匹山地矮马，还要爬高险的山，钻神秘的洞，穿甘蔗林、玉米地和荒野。他还要走万水千山的长路，在星夜里，在烈日下，在风雨中……

鲁迅先生说："我们从古以来，就有埋头苦干的人，有拼命硬干的人，有为民请命的人，有舍身求法的人……这就是中国的脊梁。"

地下的甘泉始终在召唤着他。

陈新政：陈工成功

　　看见陈工村头走，

　　拉进屋来喝杯酒。

　　相逢不饮空归去，

　　怕人说我人品丑。

　　　　　　——桂北山歌

　　"陈工陈工，就是成功，陈工一到，井水就冒。"这是桂林市兴安县旱区群众的顺口溜。

　　陈工是何许人也？陈工大名叫陈新政，是广西二七一地质队地球物理勘探工程师。

　　2019 年 6 月，笔者在桂林见到了退休的陈工。陈工瘦硬的身子，颇似柳体书法，又有一种天生的幽默感。得知他喜爱喝酒，我们就边喝边聊。

　　三杯酒下肚，陈工就打开了话匣子："我 1968 年毕业于中南矿冶学院（中南工业大学的前身，现并入中南大学），在基层地质队干了 32 年。2006 年至 2010 年，我到桂林市 10 个县 6 个区找水打井，无论冰雪严寒还是盛夏酷暑，都在野外，冷了就喝两口酒，热了就没有办法，衣服上盐迹斑斑，像一幅地图。2000 年 60 岁正点退休，后来单位返聘我。我退休的时候，写诗言志："风雨人生六十年，少时老来总关情，努力学习工作事，奉献国家和人民，个人得失无须计，但愿民族华夏兴。"

他的眼里写满了故事，脸上却不见风霜。

陈工的事迹，邓治平在《找水护苍生——广西二七一地质队退休工程师陈新政服务地方百姓掠影》中写道：

2009 年至 2010 年初，大旱之年的临桂二塘镇李家西村千亩稻田干裂，抽穗期的水稻毫无生机，村干部和村民急忙就近挖井找水，折腾多日，未见可供灌溉之水。村干部发动村民到处打听找水打井师傅，经人介绍，他们终于联系到广西二七一地质队的老工程师陈新政。抗旱如救火，陈新政带上他的整班人马紧急出动，一到李家西村，顾不上喝一口水就走东奔西，从不同方向察看当地地质特征……仅用 5 天便大功告成，终解村民燃眉之急……

陈工马到成功后，准备收兵回家，却不料，临桂二塘镇沙湾村听说李家西村打出了水，就赶紧派人来请陈工到他们那里帮忙。

陈工到了沙湾村，如法炮制，再次验证了"陈工就是成功"的传说。事后，陈工从村干部口中得知，请他来其实并未抱多大的希望，只是村委会迫于村民们的舆论压力，才决定试一试，权当死马做活马医。此前村里请了一个科研单位来打井，但没打出水来。

陈工听了，忙不迭地跟村干部替该单位说话，他们没有找到地下水，不怪他们，或许是他们并不熟悉当地特殊的地形地貌，或许是他们来去匆忙时间不够，或许是他们抗旱心急火燎，欲速则不达。总而言之，陈工并不沾沾自喜，而是一门心思维护科研单位的名声。此事说明了陈工的人品。

陈工的传奇故事，不仅仅是 5 天打成一口井。桂北旱区老百姓口中的陈工，简直就是一个神话，坊间传言，陈工寻找水源，只要把头顶上的草帽往空中一抛，随风落下，草帽盖住的地方就是打井的位置。这当然是一种夸张的说法，但从中可以看出人们对陈工高超技术的赞扬。

陈工曾打井化解仇怨，结束了旷日持久的村民抢水纷争。

永福县永安乡喇塔村腾浪屯，与柳州市鹿寨县、融安县接壤，是桂林、柳州两市三县交界地。特殊的地理位置与历史原因造成喇塔村复杂的社会治安形势。

喇塔村腾浪屯地处偏远山区，又是旱区，三县村民常常为抢水而不断纷争，甚至械斗，当地政府为此伤透脑筋。

主要原因是缺水，解决水源问题，矛盾便可迎刃而解。

2010年7月，陈新政受命于旱情严重之际、村民剑拔弩张之时，他带领团队来到喇塔村腾浪屯，历时一个多月，打井成功，水质达标，水量足够，三县村民的水源问题得以解决，村民们尽释前嫌。

陈工名震桂北，成了旱区的"水龙王"，成了最受村民欢迎的人，只要他一到旱区，旱区群众就会一片欢呼。人们知道他喜欢喝酒，家家都争相请他喝酒。

这是一份情义，他牢记在心："古人尚能一生情系国家和人民，一枝一叶总关情，我作为国家培养的技术干部，理应把'以技术报国、以技术为民'当作人生追求。"

笔者问他："听说你在特殊时期受到过许多委屈，遭到过不公正的待遇，你对此有何感想？"

他手一摆说："都过去了！陶铸诗云，如烟往事俱忘却，心底无私天地宽。我在那个时期曾失去了很多，最痛心的是一生中的黄金时间被耽误了，未能做出更大的贡献。如今，虽然廉颇老矣，但老骥伏枥，志在千里，烈士暮年，壮心不已。现在人虽已退休，但是只要单位需要我，缺水地区需要我，我就不推辞，但愿在有生之年多做一些力所能及的事。一句话，帮助别人，快乐自己。"

酒过三巡，菜过五味，陈工耳热酒酣，兴味正浓，给我讲起了一个故事：

多年前，一位学生问人类学家玛格丽特·米德，人类文明最初的标志是什么。玛格丽特·米德说，古代文化中人类文明的第一个迹象是大腿骨折断，然后被治愈。

学生问她为什么。她解释说，在动物界如果摔断腿，就意味着死亡，因为无法逃避危险，不能到河边喝水或去别处寻觅食物，会很快成为四处游荡的野兽的美餐，没有动物在断腿时活得足够久，因为骨头无法愈合。

而人与动物不同，有人花了足够的时间与受伤的人待在一起，绑住了伤口，将伤者带到安全的地点，并让他断裂的骨头渐渐愈合，慢慢康复。

在困难中帮助别人才是文明的起点。当我们帮助别人时，就能在这个过程中成为最好的自己，做个文明的人。

听罢故事，笔者沉思良久。

陈工好酒，也爱喝茶。

酒是激情，茶是宁静。激情调动灵感，宁静沉淀理性。

尾声：岁月奔流

党和群众一家亲，

打断骨头连着筋。

吃水不忘挖井人，

永世铭记党恩情。

——广西山歌

生命纯属偶然，我们能来世上走一遭已是幸运。

宇宙何其浩瀚，生命何其短暂。生命的长河奔流不息，绵延不绝。无论是帝王将相，还是布衣草民；无论是风云人物，还是芸芸众生，在奔流不息的历史长河中，都是匆匆过客。

广西地质人的8年奋战，是历史长河中溅起的几朵浪花。

那么，生命的价值和意义何在？

中国工程院院士钟南山说得好："我父亲说，一个人要在这个世界留下一定东西，那么他这辈子就算没白活。"

如果说人活着只有三天，那这三天就是昨天、今天和明天。

人有三件宝贵的东西，一件是回忆，它指向昨天；一件是信念，它指向今天；一件是希望，它指向明天。昨天是过去时，是用来回忆的；今天是现在时，是用来珍惜的；明天是将来时，是用来期盼的。

黑夜是白天的前奏，痛苦是欢乐的序幕。昨天是今天的前奏，今天是明天的序幕。

写这本书，笔者的启迪良多，受益良多，感慨良多。笔者与广西地质人一起，穿越时光隧道，回到 2010 年至 2018 年，回到都安、兴安、靖西等地，回到钻机旁，回到农家屋，回到临时搭建的工棚，回到物探的山野，回到那些疯狂找水的时光。

8 年岁月，与青春热血有关，与理想抱负有关，与无私奉献有关，与艰苦奋斗有关。

8 年苦战，8 个寒暑，近 3000 个日日夜夜，春风知道，夏日知道，秋霜知道，冬雨知道，广西地质人找水打井那滴血淌汗的脚印，踏遍了八桂山区。这些脚印，像印章一样，留下一串鲜红。这些脚印，像一串串音符，奏响大石山区的小康曲，响彻八桂大地。

8 年苦战，广西地质人完成了一个又一个艰巨的任务，也创造了一个又一个骄人的战绩。

广西地矿局党组书记、局长唐善茂在《八年奋战——广西地矿找水打井纪实》一书的序言中写道："八年奋战，共有 17 个地质勘查单位 1500 多名施工人员，以智慧为眼，以钻机为笔，以缺水地区为纸，在八桂大地上写下了一部厚重沉实的找水打井大篇章。"

"凡是过往，皆为序章，站在新时代的起点上，广西壮族自治区地质矿产勘查开发局将继承在找水打井中形成的这一股子精气神，以敢为天下先的气概，攻坚克难的拼劲，服务人民的初心，高高扬起大地质、大服务、大作为的时代风帆，在为推动建设壮美广西，共圆复兴梦想的时代大潮中，劈波斩浪，扬帆起航！"

今天，广西旱区人民的岁月静好，是因为广西地质人的负重前行。今天，时光奔流，倒映着那些旱区人们痛饮甘泉的笑脸。

丰水地区的人们，永远都无法想象，缺水地区的人们是如何找水挑水接水蓄水盼水的。但这种种苦难，已成为旱区人们的回忆。

他们无论如何艰辛，都没有想过放弃，因为他们坚信有党和政府在，这样的日子就一定会过去，有水的好日子一定会到来。这就是信念。

有党和政府亲切关怀，有广西地质人苦战旱魔，田地里的庄稼就会返青，小鸟就会在枝头欢唱，他们就会喝到清冽的甘泉，出门就会看到绿色的风景，日子就会一天天地温馨和滋润起来。这就是对明天抱有希望。

信念和希望，是照亮人生旅程不落的太阳。信念和希望，犹如一座辉煌的灯塔，照亮心灵最深的航道。

心理学家马斯洛提出了人的第六大需求——超自我实现。自我实现之后，会出现短暂的"高峰经验"，这就是超自我实现。超自我实现的体验者通常能够感受到非凡的忘我生命体验。

雄心征服千层岭，壮志开出幸福泉。

这就是地质人的超自我实现。

从饮痛到痛饮！这是多么幸福的体验，这是多么巨大的转变！

广西地质人以辛劳的汗水换来了山区喷涌不止的甘泉，他们的恩情山区人民铭记于心。

广西地质人开展的找水打井工作，是在党的领导下进行的，他们为解决山区人民的饮水难问题而艰苦奋战。

习近平总书记指出："党的一切工作必须以最广大人民根本利益为最高标准。"他还指出："着力补齐贫困人口义务教育、基本医疗、住房和饮水安全短板，确保农村贫困人口全部脱贫，同全国人民一道迈入小康社会。"

中国共产党的一切奋斗和工作都是为了造福人民。

无论是在革命斗争时期，还是在新时期的建设过程中，中国共产始终坚持人民的主体地位，把人民对美好生活的向往作为自己的奋斗目标，把为人民谋幸福作为根本职责。

天下顺治在民富，天下和静在民乐。

中国共产党始终坚持把人民拥护不拥护、人民赞成不赞成、人民高兴不高兴作为制定政策的依据，顺应民心、尊重民意、关注民情、致力民生，着力解决好人民群众最关心最直接最现实的利益问题，不断增强人民的获得感、幸福感、安全感，实现人民过上美好生活的新期待。

对于广西山区的明天，广西地矿局绘制了一张蓝图："以生态地质打底，从农业地质、海洋地质、城市地质、旅游地质、民生地质这五大地质方面继续拓展。"

五大地质，尤其是民生地质，功在当代，利在千秋。

这张蓝图，正在付诸实施。

这张蓝图，将带领人们走向无垠的宽阔。